|主编·汪剑钊|

### 金色俄罗斯
*Золотая Россия*

# 伯特兰·德·伯恩
## ——隆茨戏剧集

*Бертран де Борн*
*— Полное собрание пьес Л. Н. Лунца*

[苏] 隆茨 / 著
赵晓彬 / 译

四川人民出版社

## 图书在版编目（CIP）数据

伯特兰·德·伯恩：隆茨戏剧集/（苏）隆茨著；赵晓彬译. —成都：四川人民出版社，2022.2
（金色俄罗斯/汪剑钊主编）
ISBN 978-7-220-12554-6

Ⅰ.①伯… Ⅱ.①隆… ②赵… Ⅲ.①戏剧文学－剧本－作品集－苏联 Ⅳ.①I512.35

中国版本图书馆CIP数据核字（2021）第264341号

BOTELANDEBOEN
## 伯特兰·德·伯恩
### 隆茨戏剧集

［苏］隆茨 著　赵晓彬 译

| | |
|---|---|
| 出 版 人 | 黄立新 |
| 策划组稿 | 黄立新　张春晓 |
| 责任编辑 | 唐　婧 |
| 责任校对 | 郭明武 |
| 装帧设计 | 张迪茗 |
| 责任印制 | 祝　健 |
| 出版发行 | 四川人民出版社（成都市槐树街2号） |
| 网　　址 | http://www.scpph.com |
| E-mail | scrmcbs@sina.com |
| 新浪微博 | @四川人民出版社 |
| 微信公众号 | 四川人民出版社 |
| 发行部业务电话 | （028）86259624　86259453 |
| 防盗版举报电话 | （028）86259624 |
| 照　　排 | 四川胜翔数码印务设计有限公司 |
| 印　　刷 | 成都东江印务有限公司 |
| 成品尺寸 | 140mm×203mm |
| 印　　张 | 9.5 |
| 字　　数 | 227千 |
| 版　　次 | 2022年2月第1版 |
| 印　　次 | 2022年2月第1次印刷 |
| 书　　号 | ISBN 978-7-220-12554-6 |
| 定　　价 | 66.00元 |

■版权所有·侵权必究
本书若出现印装质量问题，请与我社发行部联系调换
电话：（028）86259453

致敬"金色俄罗斯丛书"译介团队,感谢所有参与者为传播俄罗斯文学、增进中俄两国人民文化交流而做的努力!

**汪剑钊** 丛书主编、译者,北京外国语大学外国文学研究所教授,博士生导师。

**张建华** 丛书顾问、译者,北京外国语大学教授。

**刘文飞** 丛书顾问,中国俄罗斯文学研究会会长。

**张　冰** 北京师范大学俄语系教授,博士生导师。

**赵晓彬** 哈尔滨师范大学斯拉夫语学院副院长,博士生导师。

**杨玉波** 哈尔滨师范大学斯拉夫语学院副教授,文学博士。

**郑艳红** 中国社会科学院文学博士,绥化学院外国语系教师。

**张　猛** 北京外国语大学外国文学研究所博士。

**李　莉** 北京师范大学文学博士,杭州师范大学教授。

**顾宏哲** 辽宁大学俄语系副教授,硕士生导师。

**赵艳秋** 复旦大学俄语系副主任,文学博士。

**侯炜红** 中国社会科学院外国文学研究所俄罗斯文学研究室主任,文学博士。

**池济敏** 四川大学外国语学院副院长,副教授,文学博士。

| | |
|---|---|
| 飞　白 | 云南大学外语系教授，浙江省比较文学与外国文学学会名誉会长。 |
| 黄　玫 | 北京外国语大学俄语学院教授，博士生导师。 |
| 杨晓笛 | 北京外国语大学博士，太原理工大学教师。 |
| 李玉萍 | 洛阳理工学院副教授，文学博士。 |
| 王立业 | 北京外国语大学俄语学院教授，博士生导师。 |
| 邱　鑫 | 黑龙江大学俄语学院文学博士。 |
| 郭靖媛 | 北京大学比较文学专业博士在读。 |
| 薛冉冉 | 浙江大学外语学院副教授，博士。 |
| 温玉霞 | 西安外国语大学俄语学院教授，博士生导师。 |
| 潘月琴 | 北京外国语大学俄语学院副教授，博士。 |
| 余　翔 | 北京科技大学外国语学院师资博士后，文学博士。 |
| 李春雨 | 厦门大学外文学院助理教授，博士。 |
| 董树丛 | 北京外国语大学外国文学研究所硕士。 |
| 冯昭玙 | 浙江大学外文系教授。 |
| 杜　健 | 北京师范大学俄语语言文学专业博士。 |
| 韩宇琪 | 北京师范大学俄语语言文学专业博士。 |
| 苏　玲 | 《外国文学动态研究》主编，博士。 |
| 颜　宽 | 国立莫斯科大学语言文学系博士。 |
| 马卫红 | 浙江外国语学院教授，文学博士。 |
| 王丽欣 | 哈尔滨师范大学斯拉夫语学院副教授，文学博士。 |
| 于婷婷 | 西安外国语大学俄语语言文学博士在读。 |

**王时玉** 华东师范大学俄语语言文学博士在读。

**穆 馨** 哈尔滨师范大学斯拉夫语学院副教授,翻译硕士导师。

**徐 琪** 厦门大学外文学院教授,文学博士。

**徐曼琳** 四川外国语大学俄语系教授,文学博士。

欢迎更多的译者加入"金色俄罗斯丛书"……

(按译作出版时间排序)

四川人民出版社　　文学出版中心

# 目录
Contents

| | |
|---|---|
| 金色的"林中空地"（总序） | /001 |
| "谢拉皮翁兄弟"中译本总序 | /007 |
| 列夫·隆茨研究史（代译序） | /017 |
| 超越法律 | /001 |
| 伯特兰·德·伯恩 | /106 |
| 猿猴来了！ | /180 |
| 真理城 | /220 |
| 译后记 | /272 |

# 金色的"林中空地"（总序）

汪剑钊

2014年2月23日，第二十二届冬奥会在俄罗斯的索契落下帷幕，但其中一些场景却不断在我的脑海回旋。我不是一个体育迷，也无意对其中的各项赛事评头论足。不过，这次冬奥会的开幕式与闭幕式上出色的文艺表演给我留下了深刻的印象，迄今仍然为之感叹不已。它们印证了一个民族对自身文化由衷的热爱和自觉的传承。前后两场典仪上所蕴含的丰厚的人文精髓是不能不让所有观者为之瞩目的。它们再次证明，俄罗斯人之所以能在世界上赢得足够的尊重，并不是凭借自己的快马与军刀，也不是凭借强大的海军或空军，更不是凭借所谓的先进核武器和航母，而是凭借他们在文化和科技上的卓越贡献。正是这些劳动成果擦亮了世界人民的眼睛，引燃了人们眸子里的惊奇。我们知道，武力带给人们的只有恐惧，而文化却值得给予永远的珍爱与敬重。

众所周知，《战争与和平》是俄罗斯文学的巨擘托尔斯泰所著的一部史诗性小说。小说的开篇便是沙皇的宫廷女官安娜·帕夫洛夫娜家的舞会，这是介绍叙事艺术时经常被提到的一个经典性例子。借助这段描写，托尔斯泰以他的天才之笔将小说中的重要人物一一拈出，为以后的宏大叙事嵌入了一根强劲的楔子。2014年2月7日晚，该届冬奥会开幕式的表演以芭蕾舞的形式再现了这一场景，令我们重温了"战争"前夜的"和平"魅力（我觉得，就一定程度上说，体育竞技堪称一种和平方式的模拟性战争）。有意思的是，在各国健儿经过十数天的激烈争夺以后，2月23日，闭幕式让体育与文化有了再一次的亲密拥抱。总导演康斯坦丁·恩斯特希望"挑选一些对于世界有影响力的俄罗斯文化，那也是世界文化遗产的一部分"。于是，他请出了在俄罗斯文学史上引以为傲的一部分重量级人物：伴随拉赫玛尼诺夫第二钢琴协奏曲的演奏，普希金、果戈理、屠格涅夫、托尔斯泰、陀思妥耶夫斯基、契诃夫、马雅可夫斯基、阿赫玛托娃、茨维塔耶娃、布尔加科夫、索尔仁尼琴、布罗茨基等经典作家和诗人在冰层上一一复活，与现代人进行了一场超越时空的精神对话。他们留下的文化遗产像雪片似的飘入了每个人的内心，滋润着后来者的灵魂。

美裔英国诗人T. S. 艾略特在《诗的作用和批评的作用》一文中说："一个不再关心其文学传承的民族就会变得野蛮；一个民族如果停止了生产文学，它的思想和感受力就会止步不前。一个民族的诗歌代表了它的意识的最高点，代表了它最强大的力量，也代表了它最为纤细敏锐的感受力。"在世界各民族中，俄罗斯堪称最为关心自己"文学传承"的一个民族，而它辽阔的地理特征则为自己的文学生态提供了一大片培植经典的金色的"林中空地"。迄今，在这片土地上生根发芽并长成参天大树的作家与作品已不计其数。除上述提及的文学巨匠以外，19世纪的茹科夫斯基、巴拉廷斯基、莱蒙托夫、丘特切夫、别林斯基、赫尔岑、费特等，20世纪的高尔基、勃洛克、安德列耶夫、什克洛夫斯基、普宁、索洛古勃、吉皮乌斯、苔菲、阿尔志跋绥夫、列米佐夫、什梅廖夫、波普拉夫斯基、哈尔姆斯等，均以自己的创造性劳动进入了经典的行列，向世界展示了俄罗斯奇异的美与力量。

中国与俄罗斯是两个巨人式的邻国，相似的文化传统、相似的历史沿革、相似的地理特征、相似的社会结构和民族特性，为它们的交往搭建了一个开阔的平台。早在1932年，鲁迅先生就为这种友谊写下一篇"贺词"——《祝中俄文字之交》，指出中国新文学所受的"启发"，将其看作自己的"导师"和"朋友"。20世纪50年代，由于意识形态的接近，中国与苏联在文化交流上曾出现过一个"蜜月期"，在那个特定的时代，俄罗斯文学几乎就是外国文学的一个代名词。俄罗斯文学史上的一些名著，如《叶甫盖尼·奥涅金》《死魂灵》《贵族之家》《猎人笔记》《战争与和平》《复活》《罪与罚》《第六病室》《丽人吟》《日瓦戈医生》《安魂曲》《没有主人公的叙事诗》《静静的顿河》《带星星的火车票》《林中水滴》《金蔷薇》和《钢铁是怎样炼成的》等，都曾经是坊间耳熟能详的书名，有不少读者甚至能大段大段背诵其中精彩的章节。在一定程度上，我们可以说，翻译成中文的俄罗斯文学作品已构成了中国新文学的一个重要组成部分，成为现代汉语中的经典文本，就像已广为流传的歌曲《莫斯科郊外的晚上》《三套车》《喀秋莎》《山楂树》等一样，后者似乎已理所当然地成为中国的民歌。迄今，它们仍在闪烁金子般的光芒。

不过，作为一座富矿，俄罗斯文学在中文中所显露的仅是冰山一角，大量的宝藏仍在我们有限的视域之外。其中，赫尔岑的人性，丘特切夫的智慧，费特的唯美，洛赫维茨卡娅的激情，索洛古勃与阿尔志跋绥夫在绝望中的希望，苔菲与阿维尔琴科的幽默，什克洛夫斯基的精致，波普拉夫斯基的超现实，哈尔姆斯的怪诞，等等，大多还停留在文学史上的地图式导游。为此，作为某种传承，也是出自传播和介绍的责任，我们编选和翻译了这套"金色俄罗斯丛书"，其目的是进一步挖掘那些依然静卧在俄罗斯文化沃土中的金锭。可以说，被选入本丛书的均是经过了淘洗和淬炼的经典文本，它们都配得上"金色"的荣誉。

行文至此，我们有必要就"经典"的概念略做一点说明。在汉语中，"经典"一词最早出现于《汉书·孙宝传》："周公上圣，召公大贤。尚犹有不相说，著于经典，两不相损。"汉朝是华夏民族展示凝聚力的重要朝代，当时的统治者不仅实现了政治上的统一，而且也希望在文化上设立标杆与范型，亟盼对前代思想交流上的混乱与文化积累上的泥沙俱下状态进行一番清理与厘定。客观地说，它取得了一定的成效，虽说也因此带来了"罢黜百家"的重大弊端。就文学而言，此前通称的"诗三百"也恰恰在那时完成了经典化的过程，被确定为后世一直崇奉的《诗经》。关于"经典"的含义，唐代的刘知几在《史通·叙事》中有过一个初步的解释："自圣贤述作，是曰经典。"这里，他将圣人与前贤的文字著述纳入经典的范畴，实际是一种互证的做法。因为，历史上那些圣人贤达恰恰是因为他们杰出的言说才获得自己的荣名的。

那么，从现代的角度来看，什么是经典呢？商务印书馆出版的《现代汉语词典》给出了这样的释义：1.指传统的具有权威性的著作：博览经典。2.泛指各宗教宣扬教义的根本性著作。不同于词典的抽象与枯涩，意大利著名作家卡尔维诺归纳出了十四条非常感性的定义，其中最为人称道的是其中两条：其一，一部经典作品是一本每次重读都像初读那样带来发现的书；一部经典作品是一本即使我们初读也好像是在重温的书。其二，经典作品是一些产生某种特殊影响的书，它们要么自己以遗忘的方式给我们的想象力打下印记，要么乔装成个人或集体的无意识隐藏在深层记忆中。参照上述定义，我们觉得，经典就是经受住了历史与时间的考验而得以流传的文化结晶，表现为文字或其他传媒方式，在某个领域或范围具有一定的权威性和典范性，可以成为某个民族甚或整个人类的精神生产的象征与标识。换一个说法，每一部经典都是对时间之流逝的一次成功阻击。经典的诞生与存在可以让时间静止下来，打开又一扇大门，带你进入崭新的世界，为虚幻的人生提供另一种真实。

或许，我们所面临的时代确实如卡尔维诺所说："读经典作品似乎与我们的生活步调不一致，我们的生活步调无法忍受把大段大段的时间或空间让给人本主义者的悠闲；也与我们文化中的精英主义不一致，这种精英主义永远也制定不出一份经典作品的目录来配合我们的时代。"那么，正如沙漠对水的渴望一样，在漠视经典的时代，我们还是要高举经典的大纛，并且以卡尔维诺的另一段话镌刻其上："现在可以做的，就是让我们每个人都发明我们理想的经典藏书室；而我想说，其中一半应该包括我们读过并对我们有所裨益的书，另一些应该是我们打算读并假设对我们有所裨益的书。我们还应该把一部分空间让给意外之书和偶然发现之书。"

愿"金色俄罗斯"能走进你的藏书室,走进你的精神生活,走进你的内心!

# "谢拉皮翁兄弟"中译本总序

中国读者对于"谢拉皮翁兄弟"这一文学团体并非一无所知。个别作家的某些作品已有过中文译本（如费定的《城与年》、伊万诺夫的《铁甲列车》等）。其中，康斯坦丁·费定、伏谢·伊万诺夫、尼古拉·吉洪诺夫、米哈伊尔·斯洛尼姆斯基被认为是苏联经典文学作家，社会主义现实主义的最佳代表，同时他们也是苏联作家联盟委员会的成员。而维尼阿明·卡维林、米哈伊尔·左琴科等则继承了俄罗斯经典文学传统。同时，他们的创作命运与20年代文学语境紧密相连。当时，他们视自己为一个整体，为"兄弟"，为"谢拉皮翁"。就这一关系，我们可以回顾一下该团体毋庸置疑的领袖及其代表列夫·隆茨在自己宣言式的文章《为什么我们是谢拉皮翁兄弟》中的观点："我们不是一个学派，不是一种潮流，也不是霍夫曼的训练班。我们不是某个俱乐部的票友，不是同事，不是同志，而是兄弟！"米哈伊尔·斯洛尼姆斯基也在自己的回忆录中这样描述道："我们自愿聚集在一起，没有规章和制度，我们只通过直觉来挑选新的成员。"

文学团体"谢拉皮翁兄弟"的历史可以追溯到1919年的夏天。当时《世界文学》出版社开设了一个工作室，目的是培养有才华的年轻人成为翻译人员。该工作室位于彼得格勒艺术之家（简称ДИСК），在马克西姆·高尔基的领导下，这些年轻人在艺术上产生了自己的见解。但他们很快发现，自己渴望掌握的语言艺术与文学技巧不仅仅局限于翻译领域，还逐渐转向了文学领域。该工作室是为那些由著名的作家、诗人、语文学家领导的一系列关于体裁的研讨会而成立。例如，由尼古拉·古米廖夫主持的研讨会。正是在古米廖夫的课堂上出现了未来的团体成员，波兹涅尔和叶莉扎韦达·波隆斯卡娅。

叶甫盖尼·扎米亚京在"谢拉皮翁兄弟"的文学道路上起到了无可置疑的关键作用。1919年至1921年间，扎米亚京开始为年轻作家们讲授艺术小说技法课程，他在课堂上表达了自己对于综合理论、创造心理学、情节与故事之间关系的理解，在语言技法方面对作家们提出了这样的要求："你们说的话越少，这些话所表达的内容就越多，作用就越大，艺术效果也就越强烈。"米哈伊尔·左琴科、尼古拉·尼基京、列夫·隆茨、伊利亚·格鲁兹杰夫均出席了扎米亚京关于"谢拉皮翁兄弟"小说未来创作研讨会，他们都来跟老师学习文学的简洁艺术。

维克多·什克洛夫斯基一段时间曾主持过研讨会。尼古拉·楚科夫斯基在回忆其中一次会议时说，会上有关文学事宜他只字未提，取而代之的是，他转述了一段第一次世界大战结束后，什克洛夫斯基本人在土耳其和波斯发生的非常有趣的冒险经历（后来成为他的小说《感伤的旅行》中情节的一部分）。

1920年，米哈伊尔·斯洛尼姆斯基搬进了艺术之家。正是在那个时候，研讨会的参与者被划分为两个文学团体：一个是"诗人行会"，另一个就是"谢拉皮翁兄弟"。前者认为文学创作必须要依靠古米廖夫的审美标准，并拒绝撰写现代生活；而后者则恰恰相反，他们认为书写现代生活才是十分必要的。理念不同导致的结果是：社会上出现了两类和睦相处的伙伴，他们各自过着独立的生活。

1921年，大家一同在艺术之家庆祝了新年。这也成为该文学团体形成的前兆。第二个文学团体的代表们——未来的"谢拉皮翁兄弟"们聚集在那里，其中包括阿隆季娜、加茨凯维奇、萨佐诺娃、哈里通和卡普兰，他们成为后来的"谢拉皮翁姐妹"。就这样，未来文学团体的成员之间开始建立起友好的联系。

并非所有的"谢拉皮翁兄弟"都是在艺术之家开启自己的创作之路。正如斯洛尼姆斯基所言，费定是在1920年首次访问高尔基之后才来到艺术之家的。什克洛夫斯基带来了卡维林，在介绍他的时候并没有介绍他的名字，而是介绍了他参加比赛的小说名字——《第十一条定律》。比赛是于1920年冬季在艺术之家举行的。正如楚科夫斯基在自己的回忆录中所写的那样，得益于这事件，费定和卡维林才走进了"谢拉皮翁兄弟"的文学圈（卡维林这个姓氏是作家济利别尔从1922年开始使用的笔名，这件事从9月24日他写给高尔基的信中可以得到证实）。获得小说竞赛一等奖的作品是费定的《果园》，获得二等奖的作品是尼基京的《地下室》，获得三等奖的作品是卡维林的《第十一条定律》。此外，被提名的作品还有隆茨的《天堂之门》和吉洪诺夫的《力量》。比赛结果于1921年5月，也就是在文学团体成立之后才公布。

"谢拉皮翁兄弟"文学团体的第一次会议是在艺术之家斯洛尼姆斯基的房间里举行的。这件事在楚科夫斯基的回忆录中得到了记载。此次会议正式宣布了"兄弟"团体成员的名单：格鲁兹杰夫、左琴科、隆茨、尼基京、费定、卡维林、斯洛尼姆斯基、波隆斯卡娅、什克洛夫斯基和波兹涅尔。斯洛尼姆斯基在自己的回忆录中也提到了关于团体成立时的情景。他写道：1921年2月1日，一群年轻的作家在高尔基的带领下，在他的房间里相互朗读着自己的小说。从那时起，他们每周都聚会一次。费定在《高尔基在我们中间》一书中也提到了这件事："每个星期六，我们所有人都会在斯洛尼姆斯基的房间里一直坐到深夜，我们相互阅读某篇新的小说或者诗歌，然后开始讨论它们的优点或缺点。我们风格迥异，我们的作品在友好的氛围中不断得到改进。"

在所有的公开演讲中，最值得一提的是在艺术之家举行的两场广为人知的文学晚会。第一场在1921年10月19日，普希金"贵族学校"周年纪念日举行。在晚会上，费定、斯洛尼姆斯基、伊万诺夫和卡维林分别朗读了自己的作品。第二场在1921年10月26日举行，波隆斯卡娅、楚科夫斯基、左琴科、尼基京和隆茨朗读了自己的作品。这两场晚会开幕式的致辞人均为什克洛夫斯基。

什克洛夫斯基、楚科夫斯基和斯洛尼姆斯基均提供过一些关于该文学团体名字由来的信息。什克洛夫斯基写道："谢拉皮翁兄弟"这个名字很可能是卡维林所取。楚科夫斯基回忆道：在1921年2月1日，该团体的第一次会议上，当时德国浪漫主义者霍夫曼的推崇者卡维林提出了"谢拉皮翁兄弟"这个名字。隆茨和格鲁兹杰夫对此想法表示赞同，但是其他人却反应冷淡。这是由于包括楚科夫斯基本人在内的许多人都不熟悉霍夫曼的那本同名小说。后来隆茨在解释的时候还提到了僧侣会议——在这样的聚会上，每个人都要讲一个有趣的故事。而该文学团体的成员们同样是聚集在一起，然后相互阅读自己的作品。因为这种相似性的存在，所以这个名字是十分恰当的。

但波隆斯卡娅却坚持认为隆茨是团体名称的发起者："当列夫·隆茨建议称我们的团体为'谢拉皮翁兄弟'时，我们所有人都被'兄弟'一词吸引了，甚至都没有想到隐士谢拉皮翁。"波隆斯卡娅很可能是根据隆茨那篇著名的关于"谢拉皮翁兄弟"的文章而做此判断。斯洛尼姆斯基的版本则略有不同：这个名字是在一次会议上被选出来的，然而理由却是有其偶然性。据斯洛尼姆斯基回忆说："在我的桌子上，放着一本不知道谁带来的书，破烂的亮绿色封皮上写着：霍夫曼的《谢拉皮翁兄弟》，革命前由《外国文学学报》出版。"不知是谁（完全没人记得）拿着书高喊道："就是这个！'谢拉皮翁兄弟'！他们也聚集在一起互相阅读自己的作品！"因此，彼得格勒的"谢拉皮翁兄弟"与霍夫曼笔下主人公们的相似性也是该团体名字由来的原因之一。

尽管后来这个名字一直保留了下来，但是在当时大家都认为这个名字只是临时的选择。还有一个尚未解决的问题就是，为什么在小组成员会议期间，这本书会出现在桌子上，这件事又与什么有关呢？要回答这个问题，就必须要回顾一下，在20世纪20年代的苏维埃，俄罗斯霍夫曼的作品都经历了哪些事件。

1920年11月，也就是该团体第一次会议前几个月，在莫斯科著名的塔伊罗夫剧院，举行了根据霍夫曼同名小说改编的剧本《布拉姆比尔拉公主》的首映式。此次演出给公众留下了深刻的印象，也受到了知识界的热烈讨论；第二个同样重要的事情是：至1921年《谢拉皮翁兄弟》最后一卷已经出版一百年了。我们相信，这也是该书在团体会议期间出现在会议室的原因之一；最后一点，1922年是霍夫曼逝世一百周年。越接近那一天，大家对这位德国作家的作品就越感兴趣。1922年由著名的艺术评论家布拉乌多创作的献给霍夫曼的一篇特写在苏联出版。由此可见，"偶然"出现在桌子上的书正是当时国内文化生活中各个事件的结果。

回到彼得格勒"谢拉皮翁兄弟"话题。该团体成员的构成是一个很有趣的问题。它在1921年发生变化。在1921年4月中旬，波兹涅尔移民。虽然是他父母的决定，但是由于年龄的原因，他也一同离开了自己的祖国。楚科夫斯基在回忆录中记述了他们和隆茨在华沙站为他送行的场景。

伏谢·伊万诺夫是在团体形成之后才加入"谢拉皮翁兄弟"的。据楚科夫斯基回忆，在"谢拉皮翁兄弟"们与高尔基的第一次联合会面期间，在高尔基的介绍下，他们认识了伏谢·伊万诺夫及其作品。随后伏谢·伊万诺夫就加入了兄弟团。这件事也在伏谢·伊万诺夫本人的回忆录中得到了证实。他写道，高尔基介绍他与年轻的"谢拉皮翁兄弟"们认识。随后伏谢·伊万诺夫也成为"谢拉皮翁兄弟"的一员。据楚科夫斯基回忆，吉洪诺夫加入团体是在1921年11月之后。

经过多番考量，最后我们确定了该文学团体成员的名单：伏谢·伊万诺夫、斯洛尼姆斯基、左琴科、卡维林、尼基京、费定、隆茨、吉洪诺夫、波隆斯卡娅、格鲁兹杰夫。该名单在《简明文学百科全书》、第三版《大苏联百科全书》和斯洛尼姆斯基的回忆录中均有体现。

兄弟团中的每个人都有一个滑稽的绰号。这些绰号可能与霍夫曼小说中的讲述者有关。正是在这些绰号中产生了最原始的游戏元素。作家阿列克谢·列米佐夫也参与其中，为兄弟团成员提供了一些私人绰号。弗列津斯基对彼得格勒"谢拉皮翁兄弟"的创作颇有研究，他认为这些绰号并非随机选择，它们是有据可依的，是符合作家们的行事风格的。

伊利亚·格鲁兹杰夫——大司祭

列夫·隆茨——百戏艺人

维尼阿明·卡维林——炼金术士

米哈伊尔·斯洛尼姆斯基——司酒官

尼古拉·尼基京——演说家/编年史专家

康斯坦丁·费定——看门人/掌匙者（据列米佐夫所说）

伏谢沃洛德·伊万诺夫——阿留申

米哈伊尔·左琴科——没有绰号/持剑武士（据列米佐夫所说）

尼古拉·吉洪诺夫——波洛伏茨人（只有列米佐夫这么说）

弗拉基米尔·波兹涅尔——爱吵架的人（列米佐夫也提出过绰号装甲兵，并解释说意味着"勇往直前"）

"谢拉皮翁兄弟"中唯一的"谢拉皮翁姐妹"是叶莉扎韦达·波隆斯卡娅。

兄弟团队拥有自己选举成员的方式，该方式显然是出自霍夫曼的《谢拉皮翁兄弟》一书。兄弟团队的会议和纪念日都是对外公开的，客人们可以随时来参加。客人中不乏兄弟们的导师们：高尔基、扎米亚京、楚科夫斯基。还有一些是著名的作家和诗人：霍达谢维奇、福尔什、沙吉尼扬施瓦茨、特尼扬诺夫、列米佐夫、阿赫玛托娃、曼德尔施塔姆、克柳耶夫。画家有霍达谢维奇和安年科夫。文学家有埃亨巴乌姆和维戈茨基。经常来参加会议的女客人们有阿隆基娜、加茨凯维奇、萨佐诺娃、哈里通和加普兰，她们成为后来的"谢拉皮翁姐妹"。斯洛尼姆斯基在回忆"谢拉皮翁兄弟"们在会议上讨论的场景时这样说道："兄弟们毫不留情地相互责骂着，这种相互谴责不但没有伤害兄弟间的友情，相反，还促进了兄弟们的成长。"

伏谢·伊万诺夫在自己的回忆录中详细地描绘了该团体在进行文学批评时的场景："霍夫曼笔下有些'谢拉皮翁兄弟'对同伴的作品是十分宽容的，但我们不同，我们是无情的……（进行文学批评时）在作者的脸上看不到恐惧，在其他'谢拉皮翁兄弟'的脸上也看不到同情。身为首要发言人，'演说家'尼基京非常尽责，他详尽地分析、称赞或者批评作家所朗读的作品。在现场可以听到费定的男中音，列夫·隆茨不太稳定的男高音和什克洛夫斯基恳求般的呼吸声。尽管什克洛夫斯基并没有加入'谢拉皮翁兄弟'，但却是兄弟们最亲密的监护人和保卫者……我们会残酷地指出彼此的缺点,也会为彼此的成就而热血沸腾。"

什克洛夫斯基在团体中扮演的角色需要我们更加仔细地研究。什克洛夫斯基本人曾提到,他可能会成为"谢拉皮翁兄弟",但却永远都不会成为小说家。尽管如此,隆茨在其1922年的文章《关于意识形态与政论体裁》中指出,什克洛夫斯基确为"谢拉皮翁兄弟"的一员。楚科夫斯基也证明他确实加入了该文学团体。卡维林则认为,什克洛夫斯基是一位受人尊敬的客人,但同时他也指出,有一段时间,"谢拉皮翁兄弟"们都将他视为团体成员之一。

显然,什克洛夫斯基在该文学团体成立过程中起到的作用远不止于此。他在1921年的文章《谢拉皮翁兄弟》中首次以书面形式提到"谢拉皮翁们",用波隆斯卡娅的话讲,这也就成为他们的"诞生证明"。什克洛夫斯基在文章中描述了这些青年文学家的真实状况:"尽管他们具有写作的技能,但却没有出版的能力。"

也正是在这篇文章中,什克洛夫斯基提到了某些文学流派的起源,以及它们对"谢拉皮翁兄弟"创作产生的影响:一方面是"从列斯科夫到列米佐夫,从安德烈·别雷到叶甫盖尼·扎米亚京的文学路线;另一方面则是西方冒险小说。"

什克洛夫斯基指出,团体内部分化出东方派和西方派。后来,在同时期的一封私人信件中,什克洛夫斯基还更加确切地表明:该文学团体的成员划分为"日常派"和"情节派"。得益于什克洛夫斯基的积极干预,《谢拉皮翁兄弟(第一本文集)》于1922年出版。这也是"谢拉皮翁兄弟"唯一一本文集。随后于1922年在柏林问世的《谢拉皮翁兄弟(海外版文集)》只是俄文版的扩展本。该文集使世人开始关注作者的风格特点,以及他们在作品形式方面所付诸的努力。在这种情况下,值得一提的是已成为传统的"谢拉皮翁式"的问候:"你好,兄弟!写作十分艰难。"这句话出自费定与高尔基的通信。当时,费定提到了文学创作的复杂性:"每个人都曾接触过某种未经规范的学科,这门学科就是:写作十分艰难。"高尔基曾就该问题欣然回应道:"写作十分艰难——这正是一个极好的口号。"后来,卡维林还以此为书名撰写了一本回忆录。

"写作十分艰难"这句话成为"谢拉皮翁兄弟"的共同口号,它反映出该团体从文学学徒到逐渐形成个人风格及职业化的转变。扎米亚京在1922年曾这样评价自己的学生:"他们每个人都有自己的特色和风格,这都是从培训班中学习到的……对文学作品中冗余成分的摒弃,也许要比写作更加困难。"

马克西姆·高尔基支持"谢拉皮翁兄弟"的文学实验并对此给予很高的评价。这一点从高尔基与费定的通信,以及费定的《高尔基在我们中间》一书中都可以得到证明。得益于高尔基的努力,该文学团体不但正式成立,而且实实在在地生存下来。在高尔基的申请下,"谢拉皮翁兄弟"还获得了衣食供给和经济援助。最重要的是,高尔基还在国外大力宣传"谢拉皮翁兄弟"的创作,商定外文译本的修订并监督维护作家权益。除此之外,高尔基在苏联也极力保护"谢拉皮翁兄弟",使其免受批评责难。

斯洛尼姆斯基在1922年8月给高尔基的信中这样写道:"于我而言,在当代俄罗斯,该文学团体的存在是最有意义的,也是最令人愉快的事情。在我看来,不夸张地讲,您开启了俄罗斯文学发展的某个新阶段。"

文学团体"谢拉皮翁兄弟"存在的时间并不长。1924年5月9日,23岁的作家列夫·隆茨英年早逝,该文学团体的辉煌时期也随之终结。对于隆茨的离世,费定在给高尔基的信中这样写道:"当然,我们每个人都遭受了不同的损失。但现在将我们联系在一起的,是从前的亲密友谊，而不再是为了某种能够支撑团体创作的保障。我们并没有解散，因为'谢拉皮翁'超出了我们自身之外而存在。这个名字拥有自己的生命，它使我们不由自主地，对于一些人来说，甚至是强制性地团结在一起……团体内部逐渐分化，兄弟们开始成长，他们收获了一些技能，个性也日益变得突出。我们常常聚在一起，我们也喜欢聚在一起。我们的聚会是以习惯、友情及必要性为前提，而非强制性的要求。团体的工作和生活需求随着挨饿的彼得堡浪漫主义者一同消失了。但团体并没有正式解散，直到1929年'谢拉皮翁兄弟'还在照常庆祝他们的周年纪念日。"团体这个概念本身已经成为过去式，文学团体的生存状况并没有随着时间而得到改善。随着统一作家联盟的出现，它们被迫彻底退出了历史的舞台。

(本文作者为俄罗斯阿穆尔国立师范大学语文系教授、俄语语文学博士加丽娜·罗曼诺夫娜·罗曼诺娃。赵晓彬译)

# 列夫·隆茨研究史（代译序）[①]

在很长一段时间里，隆茨的名字都处于20世纪文学版图的边缘：在俄罗斯如果提起隆茨，只知道他是"谢拉皮翁兄弟"的一员。在1962—1971年出版的《简明文学百科词典》中隆茨被描写为团体里不问政治倾向的"主要辩护者"。毫无疑问，这样的评价是20世纪20到30年代官方批评家对这位最出彩和最果敢的谢拉皮翁兄弟猛烈攻击的温和版本，但却忽略了他作品真正的艺术价值。

其实，隆茨不仅是"谢拉皮翁兄弟"的主要代言人与理论家，而且还是"谢拉皮翁兄弟"中文化修养最好、团体成员公认在创作上最有才华的一位。他是一个真正的百科全书式作家，通晓多门外语：掌握西班牙语、法语、德语，精通欧洲文化。他能将自己的丰富知识运用到作品中，使得当代人皆惊讶于其大胆的构思和艺术表现的成熟。

"谢拉皮翁兄弟"成员及俄罗斯文学经典大师们都认为他有光明的未来。因此，高尔基曾坦言："我满心期待隆茨成长为一位伟大的，有创造力的作家。"然而，隆茨的寿命很短：他是20世纪的同龄人，却于1924年过早夭亡，但他仍然影响了其同时代人。

---

[①] 莫斯科大学语文系20世纪文学教研室娜塔莉亚·季诺维耶夫娜·柯里佐娃教授序文，刘淼文译。

隆茨的口号"向西看!"在文学界引起了广泛的共鸣,反映了对多余的、模糊的日常描写的抗议,以及学习如何撰写引人入胜、充满活力的小说的强烈愿望。什克洛夫斯基、扎米亚京和阿谢耶夫(其作品有"读者需要情节"的称呼)进行了"夺取情节"的斗争。

20世纪下半叶,隆茨的名字已经很难听见了。但是,在狭小的专业圈子,尤其是对1920年代文学感兴趣的读者中,还有那些得以活下来并继续写作的人中,比如隆茨的朋友及兄弟卡维林(苏联时期极受欢迎的长篇小说《船长与大尉》的作者),隆茨仍然非常出名。在自传小说《明亮的窗户》中,卡维林这样写道:"隆茨孜孜不倦,精力充沛,满怀激情,但是很难想象,他在三年中写了25部作品,四部话剧,电影剧本,短篇小说,评论,散文,文章……"① 即便如此,直到1980年代末,隆茨的作品都未能再版,而关于将其纳入中学与大学文学课程则只字不能提。

然而,在官方文艺学认可隆茨之前,大学教室里早已经响起了隆茨的名字。首先,它的实现要归功于斯科拉斯别洛娃教授(Е. Б. Скороспелова,1934—2019)的科研与教学活动。她关于20世纪20到30年代小说研讨课的成果,特别是那些年文学中各种形式的假定性,都出现在了1990年莫斯科大学出版社发行的《苏俄短篇小说》中。书中收入了一些资深作家(高尔基、阿·托尔斯泰、普里什文)的作品和早先被禁止或"半许可"的作家布尔加科夫、蒂尼亚诺夫和皮利尼亚克等人的作品,当然,还有"谢拉皮翁兄弟"左琴科和隆茨的作品。最后一个短篇小说《第37号发条》与雅布拉科夫(Е. Яблоков)的评论一起出版,雅布拉科夫现在是1920—1930年代俄罗斯文学研究领域内最杰出的专家。在这个内容简短的评论中,隆茨被描述为果戈理遗产最优秀的

---

① Каверин В. Избранные произведения. В 2—х т. М.,1977. С. 426.

继承人，他是一位与布尔加科夫和普拉东诺夫一样，掌握反讽武器的作家。应当承认，这些"俄罗斯霍夫曼"代表们在诗学上的内部亲缘关系很早就被指出了。比如，早在1976年，楚达科娃（М. О. Чудакова）就将隆茨的短篇小说与布尔加科夫的《魔村》进行了比较。[①]

在当代俄罗斯，隆茨的创作已经进入了研究领域：出版了文集，有相关论文答辩，在这些研究中特别关注了隆茨的个人风格，如异常搭配、错位和蒙太奇等。

近年来，中国文艺学界对包括隆茨在内的"谢拉皮翁兄弟"的文学遗产表现出特别的兴趣。由赵晓彬教授领导的一群中国俄罗斯语文学者已经将隆茨的戏剧引入了现代中国文化空间：他们将隆茨的四部戏剧全部翻译成了中文，还撰写了许多文章来帮助读者理解这位非比寻常的作家的复杂性和真正创新的语言。这本书——是目前尚未在世界文学中占有一席之地的隆茨创作研究路上迈出的又一步伐。

---

① Чудакова М. Архив М. А. Булгаков Записки // Отдела рукописей ГБЛ. Вып. 37. М., 1976. С. 41.

# 超越法律

五幕悲剧和七个场次

## 前 言

这部剧本的出场人物都有着西班牙名字。但是,不要以为这是西班牙的生活悲剧。事件的地点是修达德,而修达德在西班牙语中是一般意义上的城市。我想写一部超出确切时空指向的剧本。西班牙是虚拟的。因为自古以来这个国家都在类似的情况下充当了替罪羊。当然,这是最起码的。但是,用绝对的虚构名字来写作,没有任何对服饰、道具的指示,那就是对舞台剧的践踏。对于我来说,剧本的重要性不是文学而是舞台方面。当我写作这个悲剧之际,我是在看它,而不是在思考它。即便读者会谅解我,观众也不会原谅我的。我试图解决一个艰巨的任务:始于独幕轻松喜剧,终于悲剧。我想有机地达成这样的过渡:即从剧本的主要思想中流露出这种过渡。

——Л. Л. 隆茨

| 出场人物 |

罗德里戈：修达德的首相

克拉拉：乌尔西诺伯爵夫人

修达德的贵族们：

  堂·帕布罗

  堂·冈萨洛

  堂·贝尼格诺

  堂·卡洛斯

  堂·纳西索

公民们：

  莱奥尼罗

  蒙戈

  皮埃特罗

强盗们：

  阿隆索·恩里克斯

  奥图诺

  海恩斯

  法比奥

  卡斯塔尼奥

  埃尔南尼奥

伊奈莎：公爵之女

伊莎贝拉：阿隆索之妻

小酒馆主人

哈辛塔：小酒馆主人的女儿。

每一场之间都有"幕间休息",演出通常是在主场景两旁的两个侧面舞台。戏剧发生时间不确定。发生地点——修达德城。

# 第一幕
## 第一场

修达德的小餐馆。公民们坐在桌前。奥图诺也在其中。堂·贝尼格诺坐在一边。在角落里,坐着一个戴着帽子遮住眼睛的陌生人。哈辛塔正在招待他。

**冈萨洛**(奔跑着):堂·贝尼格诺!堂·贝尼格诺!您听到了吗?

**贝尼格诺**:怎么回事?

**冈萨洛**:您听到了吗?

**众人**(围着他):什么?发生什么事了?

**冈萨洛**:刚才,在修达德市的主干道上……

**众人**:哦,哦……

**冈萨洛**:在主干道上……

**众人**:哦,怎么了!

**冈萨洛**:在光天化日之下……

**贝尼格诺**:那儿怎么了?

**冈萨洛**：在堂·罗德里戈，首相的窗户下……

**贝尼格诺**：说下去！

**冈萨洛**：在首相的窗户下……

**蒙戈**：哎呀，从这个傻瓜这儿什么也打听不到！

*公民们纷纷离开。*

**贝尼格诺**：听着，堂·冈萨洛，坐下，深呼吸。把话说清楚。

**冈萨洛**（*响亮地*）：阿隆索·恩里克斯！

**众人**（*再次跑着*）：什么？……什么？阿隆索？

**冈萨洛**：阿隆索·恩里克斯！强盗！抢劫犯！小偷！……

**贝尼格诺**：是吗？……

**冈萨洛**：骗子！杀手！恶棍！渎神者！

**蒙戈**：老爷！您骂的这些，我们并不怀疑。但我请您不要碰阿隆索。他是我们的朋友。

**冈萨洛**：什么？这个骗子是您的朋友？这个恶棍？……

**莱奥尼罗**：是的，堂·冈萨洛。他是我们的朋友。

**蒙戈**：还是捍卫者。

**冈萨洛**：他抢劫！应当逮捕他！

**公民们**（*强迫地*）：您试试。

**贝尼格诺**：堂·冈萨洛。放轻松。（*对公民们说*）我的朋友们，你们争吵什么呀？最好让我们再听听啊，这个，呵呵，敬爱的堂·阿隆索·恩里克斯发生了什么……

**皮埃特罗**：对的，朋友们……堂·冈萨洛！告诉我们，这个恶棍，呵呵，阿隆索发生了什么……

**冈萨洛**：听着！刚才，光天化日之下，在主街上，在堂·罗德里戈的窗户下，首相，国家第一领导人……

**众人**：接着说！接着说！！

**冈萨洛**：在首相家，堂·罗德里戈的窗户下……

**蒙戈**：哦，我的天啊！

**冈萨洛**：阿隆索和两个小伙子鞭打了首相儿子费尔南多……

一阵笑声。贝尼格诺和那个人也笑了。

**莱奥尼罗**：干得好，阿隆索！

**蒙戈**：没错！

**皮埃特罗**：打得好！

**第一位公民**：活该！

**冈萨洛**：怎么？你们怎么敢这么说？

**莱奥尼罗**：活该，理应如此！这个毛头小子——才十六岁——已经比他的父亲更糟糕了。

**第二位公民**：昨日，在大街上，我不小心碰到他的斗篷，他就用棍子打了我，因为他是贵族，公爵的儿子，我只好保持沉默。

**蒙戈**：这小子每天在我眼皮子底下纠缠我的女儿，我有口不能说……

**众人**：活该！活该！

**冈萨洛**：你们给我小心点！堂·罗德里戈会给你们好看的！他会给你们好看的！

**奥图诺**（从角落里）：唉，阿隆索可打错人了！堂·罗德里戈是我们尊敬的首相啊!

一阵笑声。

**奥图诺**：同时被打的还有克拉拉·乌尔西诺。夜里他们同床共枕，会一起被鞭打的。

哈哈大笑。

**第一位公民**：哎哟，是奥图诺! 你没喝醉? 看，朋友们，奥图诺没喝醉。

**莱奥尼罗**：干得好，奥图诺!

**冈萨洛**：恶棍! 你们怎么敢对神圣的首相不敬呢?

**莱奥尼罗**：是的，你们是对的。我们是该哭泣，而不应该嘲笑（模仿）神圣的首相。除了眼泪，他什么都没带给我们。他横征暴敛，剥削压榨我们，玷污我们的妻女，让我们的儿子去当兵，鞭笞惩罚我们的父亲。

**第一位公民**：叫堂·罗德里戈滚!

**第二位公民**：见鬼去吧!

**奥图诺**：鞭打他!

**冈萨洛**：这是造反啊! 逮捕他们!

**贝尼格诺**：堂·冈萨洛! 冷静一下，看在上帝的分上。

**冈萨洛**：不想冷静。

**贝尼格诺**：他们会杀了你们。

冈萨洛：我不害怕。

贝尼格诺：还会鞭打你们。

冈萨洛（后退）：哎哟！

贝尼格诺：冷静下来，朋友们。堂·冈萨洛，告诉我们接下来这个阿隆索发生了什么？

市民们：快说，快说啊！

冈萨洛：这不，这个阿隆索把堂·费尔南多抽了一顿。大白天的。众目睽睽之下。所有的人都在大笑，欢欣鼓舞。太不像话了。前所未有。

蒙戈：堂·冈萨洛，当时您也在笑吧？

冈萨洛：怎么可能！我站在那儿，很气愤。

蒙戈：那为什么，亲爱的堂·冈萨洛，为什么您不挺身捍卫您所喜欢的堂·费尔南多？

冈萨洛：那怎么——捍卫呢？

蒙戈：您为什么不对这个强盗阿隆索拔剑抗议？

冈萨洛：那怎么——拔剑呢？

蒙戈：这有什么难的。就这样，这样呗。

冈萨洛：那怎么可能呢？我怎么可能？并且，后来……也就是说……当然……总之，这个强盗，这个蠢蛋，光天化日下，在首相的窗户下抽了费尔南多一顿，光天化日……

蒙戈：哦，上帝啊！又从头开始说了。

冈萨洛：他逃了！堂·罗德里戈怒火冲天，还把警察派往全城各地……

*两个警察入内。*

**警察们**：公爵有令！

*众人喋声。*

**警察**：公爵菲利普殿下致全体修达德居民令：长期以来，一位名叫阿隆索·恩里克斯的卑鄙的强盗一直骚扰我们公爵，使其不得安宁。我们尊敬的大人在路上、大街上，甚至家中，都遭到这个强盗的袭击。他的罪行逐日变本加厉。今日，我们的耐心终于告罄。堂·费尔南多，拉尔伯爵，堂·罗德里戈之子，费布列罗侯爵，遭受了前所未有的羞辱……

**奥图诺**：抽了那家伙一顿！

**警察**：因此，我们宣布，即日起，以上所提及的强盗，阿隆索·恩里克斯，不受法律保护。每个公民都有权追捕他，折磨他，杀死他，将他的财产据为己有。对于这个强盗阿隆索·恩里克斯来说，我们公国的所有法律都宣布与其无关。签名：修达德公爵菲利普。盖章：罗德里戈，侯爵费布列罗，首相。

*警察退场。*

**冈萨洛**：终于告结了！现在我们可以安心睡觉了。

**莱奥尼罗**：得了吧，我们原来也睡得很好。

**第一位公民**：阿隆索从未威胁过我们。

**蒙戈**：呵呵，他可不像我们一样有到处闲逛的习惯。熟悉他的人，才了解他。呵呵，尊敬的伯爵和侯爵就很了解他。多么了解啊！

**第一位公民**：阿隆索——我们的保护者。

**第二位市民**：我们的朋友。

**莱奥尼罗**：我们支持他！

**皮埃特罗**：他会为我们复仇！

**冈萨洛**：站住！你们胆敢违背殿下的命令。

**蒙戈**：但这是他的命令吗？公爵只是签了字，全都是罗德里戈搞的鬼。

**奥图诺**：公爵——傻瓜，而罗德里戈——骗子。

*一片笑声。*

**冈萨洛**：反了你们！过来！警察！

**奥图诺**：冈萨洛——胆小鬼。

*一片笑声。*

**莱奥尼罗**：堂·冈萨洛，您为什么不拔剑对抗反贼？

**第一位公民**：堂·冈萨洛！您怎么沉默了！您听到了吗？您是个懦夫。

**奥图诺**：愚蠢的懦夫。

**皮埃特罗**：堂·冈萨洛？您听到了吗？您是个愚蠢的懦夫。

**小酒馆主人**：先生们，先生们！该回家啦。

**贝尼格诺**：我们走吧，堂·冈萨洛，走吧。（悄悄地）您情愿和这群人搅和在一起。

**冈萨洛**（悄悄地）：我不情愿，但他们——愿意。（向出口走去）

**莱奥尼罗**：堂·冈萨洛，和我们在一起怎么样？您可是受到了侮辱！

**第一位公民**：堂·冈萨洛，展示荣誉。打败我们。

冈萨洛和贝尼格诺急着往外走去。

**小酒馆主人**：打烊了。回家吧。回家吧。
**公民们**（争着）：堂·冈萨洛……尊敬的堂·冈萨洛……勇敢的堂·冈萨洛！

众人走出小餐馆。餐馆主人追着他们。奥图诺，哈辛塔和角落里的陌生人没走。

**奥图诺**：哈辛塔，亲爱的！
**哈辛塔**：我看见什么了呀？
**奥图诺**（打量了一下自己）：啊？看见什么了？
**哈辛塔**：我不敢相信自己的眼睛。
**奥图诺**：怎么回事？
**哈辛塔**：你没喝醉？这是我们认识以来的第一次。
**奥图诺**（道歉）：不，不，我醉着呢，不要害怕。老实说，我醉着呢。
**哈辛塔**：好吧，来，对我哈口气。

奥图诺对她的脸颊吹了口气，突然吻了她一下。

**哈辛塔**：滚蛋！
**奥图诺**：现在，你相信我喝醉了吧？

**哈辛塔**：似乎没太醉。给，喝吧。你今天怎么近乎是清醒的？

**奥图诺**（跪着）：我的命运亟待抉择。

  我的生死救赎由你掌握；

  哈辛塔，我向你发誓，

  所有神圣都是为我们和你，

  我的托莱多式钢剑，

  我的拜占庭式外衣……

**哈辛塔**：这些你都没有……

**奥图诺**：我的……好吧，哈辛塔，你一下打断了我。我准备了这么精彩的演讲。

**哈辛塔**：继续，继续，奥图诺。你也许还没忘呢。

**奥图诺**：以马德拉岛的葡萄酒为证，

  以雪利酒和马拉加为证，

  我以酒发誓……

**哈辛塔**：这我就懂了。你这是发自内心，奥图诺。但你还是太清醒。喝一杯吧。否则你会得病的。

**奥图诺**：哎，看在上帝的分上，你不要打断我，我又忘了。

**哈辛塔**：你喝一杯吧，喝一杯吧。

**奥图诺**（喝酒）：我最好即刻结束。（又跪倒）

  我爱你，可爱的哈辛塔，

  我爱你，像梦中的美酒，

  像众神在炎热的奥林匹斯山上喝的美酒。

  酒中有宙斯的堡垒，阿波罗的甜蜜，

  雅典娜的聪敏，赫拉的奸诈，

阿佛洛狄忒的美貌。还有你,哈辛塔……

**陌生人**(走近,把手放在奥图诺的肩膀上):够了,朋友,你已经大显身手了。下一次继续吧。

**奥图诺**:报上名来,先生。您是谁?您怎敢如此?

**陌生人**:喝一杯,奥图诺。清醒会害了你。

**奥图诺**:我要拔剑了。

**陌生人**:托莱多式钢剑?

**奥图诺**:虽然它并非托莱多式钢剑,但仍会捍卫自己。

**陌生人**:你今天好样的,奥图诺。谁教给你这么好的诗?

**奥图诺**:那请你自卫吧!

**哈辛塔**:奥图诺!先生!

**陌生人**:奥图诺!剑鞘!(摘掉大胡须和小胡子)

**奥图诺**:阿隆索!

**阿隆索**:你快喝吧。否则你会被惊到的。

**奥图诺**:阿隆索,朋友!

*热情地拥抱。*

**哈辛塔**:哎呀,先生!

**阿隆索**:怎么了,美人儿?

**哈辛塔**:多么美丽的大胡须和小胡子!

**阿隆索**:难道我这样不好吗?

**哈辛塔**:哎呀,先生,非常好。

**奥图诺**:阿隆索,你等等。

**阿隆索**：好的，亲爱的朋友。

**奥图诺**：让我捋捋思路。

**阿隆索**：你喝一杯，思路就捋好了。

**奥图诺**：我想告诉你什么了？非常急切来着？

**阿隆索**：快点，快点。（对着哈辛塔）美人儿，你不喜欢我这个样子吗？

**哈辛塔**：哎呀，先生……

**阿隆索**："哎呀"是什么意思？哎呀——喜欢，还是哎呀——不喜欢？

**哈辛塔**：哎呀，先生！

**奥图诺**：对了！我想起来了！阿隆索！可是你……可是这个……可是你……

**阿隆索**：被剥夺公民权了？是的，我知道。是因为这点吗？

**哈辛塔**：怎么，先生，难道您是堂·阿隆索·恩里克斯？

**阿隆索**：难道你没认出我吗？

**哈辛塔**：哎呀，先生！

**阿隆索**：怎么，你喜欢我？

**哈辛塔**：哎呀。先生，非常喜欢。

**奥图诺**：阿隆索！你疯了！警察在城里四处搜查。快戴上你的胡子吧。

**阿隆索**：让警察们等着吧。不是第一次了。美人儿，亲亲我。

**哈辛塔**：哎呀，先生！

他们互吻。

**奥图诺**：阿隆索！这可真卑鄙。我……我……这可怎么说呢……

**阿隆索**：喝一下吧，奥图诺。

**奥图诺**(喝干)：我爱这个女孩。而你……现在…这不好，阿隆索。我们是朋友……

**阿隆索**：什么？友谊的法则？而我是不受法律约束的！对我来说没有什么法律规定。亲下我，哈辛塔。

**哈辛塔**：哎呀，先生，不行。

*他们互吻。*

**奥图诺**：你不感到羞耻吗？

**阿隆索**：我不再有羞耻感。我超越了羞耻。我不在任何法律范围内。吻我，哈辛塔。

*他们互吻。*

**奥图诺**：哈辛塔，你想想昨天跟我说的事。

**哈辛塔**：奥图诺，你需要喝一杯。

**奥图诺**：阿隆索，你想想，你都结婚了。

**哈辛塔**：哎呀，先生！您已婚了？

**阿隆索**：混账！你为什么让我想起？毁了我整个晚上！我结婚了吗？等一下！结婚了吗？奥图诺！朋友！拥抱我！亲我！亲我！祝福我吧！

**奥图诺和哈辛塔**：什么？什么？

**阿隆索**：可我想好了，想好了……我不再是已婚状态了。我是不受法律约束的。不受婚姻法约束。不受婚姻约束！不受妻子约束！没有妻子。我没有结婚！哦，上帝，谢谢您！公爵菲利普。堂·罗德里戈！谢谢你们。将我从灾难中，从我的瘟神手里解救出来。哦，公爵！我会支持您一百个弥撒。我愿为你征服圣墓。哦，堂·罗德里戈，我向您发誓！我再也不会鞭打您的儿子了。虽然我打得多好啊。那个男孩惨叫得像刀下的鸡。围观的人那么多啊，多么高兴啊……我不受法律约束……我没有结婚！（满屋子乱转房间，一边掀翻桌子和椅子，一边尖叫一边发狂。）

**小酒馆主人**（追着他）：先生！先生！

**阿隆索**：都见鬼去吧！一切，一切，一切。让同床共枕下地狱吧。

**小酒馆主人**：先生！先生！

**阿隆索**：怎么，伊莎贝拉女士，您要找我吗？（滑稽地模仿着。）"阿隆索，亲爱的，我的太阳，吻吻我。"——"伊莎贝拉女士，我做不到。"——"哦，我的灵魂之光，为什么？"——"伊莎贝拉女士，上帝知道，我全心全意地爱您，我爱您，如痴如狂，伊莎贝拉女士。我崇拜您。"

**小酒馆主人**：先生，夜幕已将！酒馆该关门了。

**阿隆索**(不听)："伊莎贝拉女士！我彻夜难眠，心里想着您。我梦想着您温暖的怀抱，热泪盈眶。"——"哦，我的阿隆索，弯下腰。让我拥抱你。"——"不，伊莎贝拉，我不能。邪恶的命运永远地把您从我身边夺走了。万恶的首相毁了我们温柔而充满爱与激情的姻缘。我是不受法律约束的。我们的婚姻被毁了。"

**小酒馆主人**：尊敬的先生，走吧，求求您。已经午夜了。必须要关闭酒馆了。

**阿隆索**：你想要什么，好心人？

**小酒馆主人**：尊敬的先生！根据公国颁布的法律……

**阿隆索**：尊敬的先生，我有权不遵守法律。

**小酒馆主人**：尊敬的先生，您忘记了法令，它禁止……

**阿隆索**：尊敬的先生，我被禁止遵守法令。

**小酒馆主人**：尊敬的先生！……

**阿隆索**：尊敬的先生！别管我，否则我会像对待这些板凳一样对您。

**小酒馆主人**：尊敬的先生！我是一个诚实的老板，您没有权利……

**阿隆索**：尊敬的先生！我无权享有法律权利！

**小酒馆主人**：您，听着，我会叫警察过来。

**阿隆索**：您给我听着，我不会听从警察的。

**小酒馆主人**：亲爱的朋友，我恳请您：离开吧！

**阿隆索**：亲爱的朋友，显然，你没弄明白，我是谁。

**奥图诺**：阿隆索，你这个疯子，别说出来！

**阿隆索**：奥图诺，喝你的。

**哈辛塔**：先生，冷静一些！

**小酒馆主人**：圣母啊！阿隆索·恩里克斯。（跑着离开）

**哈辛塔**：哦，您都做了什么！父亲会出卖您的！（跑过去关上门）

**阿隆索**：让他去吧。你知道吗，亲爱的哈辛塔……还是先吻吻我。（他们亲吻。）你知道吗……再来一次。（吻。）

**奥图诺**：停下来……哈辛塔是我的……我的……

**阿隆索**：奥图诺，喝完！……你看到哈辛塔了吧。通常情况下，强盗知道他被追赶后，就会逃跑，但这是一般情况，遵守法律，而我在法律之外，因此我就留下了。通常强盗戴上面具隐姓埋名，而我不受常规约束，我向所有人公开。(走到窗前)嘿，你们，月亮、星星和天空！我请求你们做见证人。我发誓，自今日起，我不像常人一样自门出入、睡在床上、在餐桌上吃饭，不向朋友问好，问候陌生人。晚上不睡觉，白天睡觉。夜行昼伏。骑猪，吃马。在葬礼上唱歌跳舞和在婚礼上致悼词。大街上睡觉，房间里游荡。站着睡觉，用手爬行。服从农民的命令，殴打公爵。亲吻男人和女人，玩骰子。尊敬婴孩，教育长辈。水上行走，陆地游泳……

**哈辛塔：** 堂·阿隆索，您醒醒！您在发誓。您怎么会在水上行走？

**阿隆索：** 小傻瓜！毕竟我不受法则约束！也就是说，我可以打破誓言。嘿，你，太阳！你为什么躲起来？因为你该藏起身，因为你还在法则内悠闲。嘿，月亮和星星！你们按法则周转，像一群羊！嘿，公爵！国王！罗马教皇！你们认为自己无所不能，实际上你们——是法律的奴隶。只有我——不受法律约束！嘿，你们，侯爵，伯爵，贵族，先生和女士，男人和女人，老人和年轻人，孩子，婴儿，母牛，马，公猪，猴子，母鸡，骆驼，狮子，岩石，山羊，河流，海洋，桌椅，酒，酒杯，树木，房屋，烟囱，天空，云——所有的一切。一切，一切，一切。所有运动，移动，站立，睡觉——都按照规则。只有我一人——不受法律约束。看啊，你们 (对着众人。) 笑什么？为什么笑？你们是按照本性法则在笑。哭吧。不可以吗？法律不允许？[什么？什么？你说我无权向公众说话，这是违反戏剧法则的？但我不受戏剧法则约束，我可以和你们对话，我做得到。所有我想要的——我都可以做到。对我来说没有法律。](接近舞台前沿。)但我的先生们!这一切一文都不值。所有这些法律,地上的和天上的,人类的和神明的,国家法律和荣誉法则——这一切都是无稽之谈!不受这些法律约束并不困难。但有一种法律是存在的,我的先生们,还存在一种法律(*窃窃私语*)——婚姻的法律。哦,我的先生,不要笑!你们觉得很容易不受约束,不受……怎么说呢……不受你们妻子的约束?尝试一下,你们就知道了。不,不,你们别笑,你们试试。他们说没有比这更容易的了。同时……是的,当然,不睡在婚床上很容易,但不受妻子约束……不受约束……好吧,我无法解释清楚。总之,如果你们认识我的妻子,你们会明白的。什么首相?什么公爵?我蔑视他们,但伊莎贝拉女士……我的配偶……我,阿隆索·恩里克斯,一个强盗,我,不怕任何人或任何事情,我,我不受任何法律约束——我在颤抖。我的先生们,请允许我给你们一点建议:永远不要结婚。落入神圣宗教裁判的魔掌,都比结婚要好。男孩和青年人,我恳求你们——不要结婚。那些已经结婚的人们,回家后上吊吧。这是不受你们妻子约束的唯一方法。啊,伊莎贝拉女士,伊莎贝拉女士。我为什么要娶你?看啊,先生们,我在哭,说实话,我在哭泣……但现在我已得救。我——不再受法律约束。见鬼去吧!去见魔鬼吧!下地狱吧!我不想,我不害怕。我不怕任何人!你听着,伊莎贝拉女士,我再了解你不过。我们不再只是熟人。我不受法律约束!我不再是已婚的人!哈辛塔,吻我!

他们互吻。

**奥图诺**：阿隆索，这样太卑鄙了。

**阿隆索**：奥图诺，喝你的。

**奥图诺**：我喝，我喝。

**阿隆索**：再一次，哈辛塔。（接吻）我这样你喜欢吗？

**哈辛塔**：哎呀，先生，您有这么漂亮的眼睛！

**奥图诺**：这……这真令人恶心……

  敲门声："开门！"

**哈辛塔**：哎呀，这是来抓您的。

**门外人**：快开门！以公爵的名义！

**哈辛塔**：我的父亲！警察们！

**阿隆索**：你们有何贵干？

**门外人**：以法律的名义！

**阿隆索**：这里没有法律。我——不受法律约束。

**门外人**：以法律的名义，打开门！

**阿隆索**：他们还在遵守自己的法律。是他们自己宣布我不受法律约束的，而现在却以法律来恐吓我。

**哈辛塔**：哎呀，先生，您怎么笑得出来？他们会杀了您的。

**阿隆索**：我总在笑。一个真正的人应该一生都在笑。随时随地。谁不笑，那……嘶……就是废物……如果我什么时候不再笑了，我也会变成废物的。因此，就让我们笑吧。

  门外人：破门而入！

门摇摇欲坠。

**哈辛塔**：阿隆索！到这里来！从窗户逃走！这里不高。
**阿隆索**：来……等等，等等，不，那不适合我。
**哈辛塔**：为什么呢？
**阿隆索**：所有的强盗都从窗户逃走。我不应该像其他人一样……我要从门离开。
**哈辛塔**：您会被杀死的。
**阿隆索**：少安毋躁。

他们亲吻。

**奥图诺**：恶心。我要杀了你。（努力地站起来。使劲地拔出剑）
**阿隆索**：奥图诺，喝你的酒！（与哈辛塔继续亲吻）
**奥图诺**：我喝，我喝，但先让我杀了你。（走了两步，又回到桌前喝酒）

阿隆索朝门边的墙走去。门即将破裂。
奥图诺在房间里走来走去，挥舞着他的剑。
门被破开了。警察们冲进餐馆，冲向奥图诺。

**警察们**：他在这儿，他在这儿。（卸下奥图诺的剑，并殴打他）
**阿隆索**（在门口）：再见，笨蛋警察们。（平静地离开）
**奥图诺**：哎呀，哎呀！停下！哎哟！我不是那个人！我不是那个人！
**小酒馆主人**：等等，先生们！你们看啊，这不是那个人。这不是阿隆索。

**警察们**：该死！这是那个醉汉奥图诺！

**主人**（跑向哈辛塔）：阿隆索在哪里？

**哈辛塔**：哦，爸爸！他从窗户逃跑了。

**警察们**：他逃跑了吗？哦，见鬼！

**奥图诺**：他逃跑了……（打着嗝）干……干得好……我……我总是说，他很厉害。

**小酒馆主人**：奥图诺帮了他！

**奥图诺**：我……我……（打嗝）帮了他。（警察们打他）

**警察们**：拿他怎么办呢？

**小酒馆主人**：把他拖出去吧！我要打烊。

**警察们**：我们把他扔进沟里去。

**奥图诺**：特拉－啦－啦……

　　警察拖着奥图诺。打他。小酒馆主人在他们身后关上了门。

**哈辛塔**（梦幻地）：哎呀，先生，您的眼睛如此漂亮。

　　落幕。

## 第二幕

第一次幕间休息

舞台左侧。

修达德街道。堂·冈萨洛和堂·贝尼格诺上。

**冈萨洛**:啊,堂·贝尼格诺!您好!近来如何?

**贝尼格诺**:还行,如您所见。那您呢?

**冈萨洛**:还行,如您所见。

**贝尼格诺**:令正身体如何?

**冈萨洛**:还可以,如您所见。那令正呢?

**贝尼格诺**:没什么,如您所见。

**冈萨洛**:有什么新鲜事吗?

**贝尼格诺**(悄悄地):您听说了吗?公爵的女儿,伊奈莎小姐?

**冈萨洛**:知道,怎么了?

**贝尼格诺**:什么"知道,怎么了?"我还什么都没告诉您呢。

**冈萨洛**:您说的事情总是引人入胜,堂·贝尼格诺。我现在已经提前惊讶了。

互相握手。

**贝尼格诺**：那么，我们敬爱的公主……

**冈萨洛**：不可能的。

**贝尼格诺**：什么叫"不可能的"？

**冈萨洛**：哎呀，堂·贝尼格诺！您不会说话吗？快点说。我都急得冒烟了。

**贝尼格诺**：那您不要打断我，堂·冈萨洛。

**冈萨洛**：堂·贝尼格诺，请您不要指教我了。

**贝尼格诺**：堂·冈萨洛！

**冈萨洛**：堂·贝尼格诺！

**贝尼格诺**：堂·冈萨洛！即使您是我的朋友，我照样会生气的。

**冈萨洛**：堂·贝尼格诺！我也照样会生气的。

**贝尼格诺**：但是我不想和您争吵，堂·冈萨洛。再见。

**冈萨洛**：堂·贝尼格诺，那公主到底怎么了呢？堂·贝尼格诺！求求您了。告诉我吧。

**贝尼格诺**：好，为了您，堂·冈萨洛。

**冈萨洛**：谢谢，堂·贝尼格诺。

互相握手。

**贝尼格诺**（悄悄地）：伊奈莎小姐！……

**冈萨洛**：您猜猜！

**贝尼格诺**：坠入爱河了！

**冈萨洛**：天啊！爱上谁了？

**贝尼格诺**：我不知道。

**冈萨洛**：堂·贝尼格诺！您心知肚明。就别隐瞒了。

**贝尼格诺**：以我的剑发誓，我不知道。（想要离开）

**冈萨洛**：堂·贝尼格诺！求您了，说吧。是费尔南多吗，伊奈莎小姐的未婚夫？

**贝尼格诺**：难道我跟您说的是，她没有爱上自己的未婚夫吗？

**冈萨洛**：不可能。这似乎很清晰。没什么可说的。堂·贝尼格诺，到底是谁？

**贝尼格诺**：我不知道。（离场）

**冈萨洛**：堂·贝尼格诺！堂·贝尼格诺！

落幕。

# 第一场

*另一条街。堂·卡洛斯和堂·纳西索从两个方向上来。*

**卡洛斯**：喂，堂·纳西索！早上好。好久不见。聊两句吧。您总是知道很多新鲜事儿。

**纳西索**：可我告诉您的，您总是无所不知啊。

**卡洛斯**（故作姿态）：嗯，也不是都知道啦。

**纳西索**：您没有听过堂·帕布罗的消息吗？

**卡洛斯**：什么？

**纳西索**：也就是说，您不知道？

**卡洛斯**：不……我的意思是——我知道。他死了。

**纳西索**：您说什么！您说什么呢！

**卡洛斯**：我的意思是，他病了。瞧，我知道。

**纳西索**：不，他没病。不过也差不多。

**卡洛斯**：也就是说，坠入爱河了。瞧，我知道。

**纳西索**：您总是无所不知，堂·卡洛斯。也许您知道他爱的是谁？

**卡洛斯**：那您知道吗？

**纳西索**：不知道。

**卡洛斯**：我知道。

**纳西索**：爱上谁了？

**卡洛斯**：我知道。再见，堂·纳西索。（离场）

**纳西索**：他总是什么都知道！（离场）


落幕。


中间场景

街道上。奥图诺侧躺在沟里。


**冈萨洛**（左侧进入）：堂·卡洛斯！

**卡洛斯**（右侧进入）：堂·冈萨洛！

**冈萨洛**：您听说了吗？

**卡洛斯**：您知道了？

**冈萨洛**：多么神奇的消息！

**卡洛斯**：多么惊人的消息！

**冈萨洛**：堂·伊奈莎小姐！

**卡洛斯**：堂·帕布罗先生！

**冈萨洛**：她坠入情网。

**卡洛斯**：他坠入爱河！

**冈萨洛**：爱上谁？

**卡洛斯**：爱上谁？

**冈萨洛**：我不知道。

**卡洛斯**：我不知道。

沉默。

**冈萨洛**（抓住卡洛斯的袖子）：堂·卡洛斯！

**卡洛斯**（抓住冈萨洛的袖子）：堂·冈萨洛！

**冈萨洛**：我明白了。

**卡洛斯**：我也是。

**冈萨洛**：我猜想的。

**卡洛斯**：我也是。

**冈萨洛**：我知道。

**卡洛斯**：我也是。

**冈萨洛**：堂·卡洛斯，您怎么看？

**卡洛斯**：不，您先告诉我您的想法？

**冈萨洛**(耳语)：我认为，堂·帕布罗爱上了伊奈莎小姐，伊奈莎小姐也爱上了帕布罗。

**卡洛斯**：不可能……也就是……想象一下，跟我所言一致。我也这么认为。

**冈萨洛**：多神奇的发现！我赶快去告诉她。可怜的伊奈莎小姐。她是费尔南多的未婚妻。堂·罗德里戈会说什么？我走啦，什么名誉啊！这可是我的发现呢。

**卡洛斯**：堂·冈萨洛！这是我的发现。我比你早。

**冈萨洛**：这是我发现的……

**卡洛斯**：不，是我……（离开）

众人离开。伊莎贝拉上，意外发现了奥图诺。

**伊莎贝拉**：奥图诺！奥图诺！奥图诺！

**奥图诺**：嗯，嗯，嗯。

**伊莎贝拉**：奥图诺！起来！哎呀，酒鬼！奥图诺！

**奥图诺**：嗯，嗯。

**伊莎贝拉**：哦，天哪。我该拿他怎么办？（弯下腰。打他的脸颊）给！对！

**奥图诺**：那个……停下，停下……等等！住手！

伊莎贝拉继续打他。在拍打声间——穿插着奥图诺的声音。

**奥图诺**：别……打了……我……什么也不……明白……哦……等等……

哦……等等……

**伊莎贝拉**（起身）：好……啦！现在起来吧。

**奥图诺**（从地上起身。威严地）：成千个魔鬼啊[①]！谁竟敢打我？（看见伊莎贝拉。怯懦地）啊，是您，伊莎贝拉夫人？（看向一边）我知道。还有谁能这样打人？

**伊莎贝拉**：起来，恶棍！

**奥图诺**：等等，让我清醒一下。哎哟，哎哟，天啊。

**伊莎贝拉**：无耻的酒徒和醉汉！阿隆索在哪里？

**奥图诺**：哪个阿隆索？

**伊莎贝拉**：哪个阿隆索？骗子！怎么，你还醉着？

**奥图诺**（懒洋洋地）：显而易见啊。

**伊莎贝拉**：我丈夫，阿隆索·恩里克斯在哪里？

**奥图诺**（起身）：这个我不知道。

**伊莎贝拉**：你怎么不知道？（打他的脸颊）嗯，现在你知道了吧？

**奥图诺**：等等，等等……不，再给我右脸来两下。我还有点不太明白。

**伊莎贝拉**：不是两下，而是十下。（扇耳光）那，阿隆索在哪里？

**奥图诺**：阿隆索，阿隆索……（清醒过来）哎呀，这个混蛋，恶棍！把他交给我！把他交给我，我要用剑刺死他！混蛋！夺回我的哈辛塔。我亲爱的、招人喜欢的哈辛塔！

**伊莎贝拉**：什么哈辛塔？快说，什么哈辛塔？

**奥图诺**：他在我眼前吻了她。把剑给我！

**伊莎贝拉**：回答我，什么哈辛塔！（打他耳光。）

---

[①] 俄文为：Люцифер，指魔鬼的意思。（译者注，以下脚注如非说明，均为译者注。）

**奥图诺**：哎呀，哎呀！小酒馆里的哈辛塔。

**阿隆索**（压低帽子入场，轻触伊莎贝拉）：抱歉，夫人。（想离开）

**伊莎贝拉**：没关……（望着帽子，抓住阿隆索的袖子。）

**阿隆索**：请原谅，夫人。我得走啦。

**伊莎贝拉**：阿隆索！

**阿隆索**（他的帽子压得更低）：请原谅，夫人。显然，您把我当作别的什么人了。

**伊莎贝拉**：站住！站住！阿隆索！混蛋！

**阿隆索**：我们并不认识，夫人！

**伊莎贝拉**：奥图诺，他在这里！（拽下他的礼帽。）

**奥图诺**：啊，混蛋，你落在我手上了！

**阿隆索**（陡然转向他）：也就是说，我要任你处置？

**奥图诺**：是的，任我，其实没什么。是任她随意处置。

**伊莎贝拉**：无耻之徒！我要抠掉你的眼睛。

**阿隆索**：哦，不要这样，伊莎贝拉夫人。那样我就无法欣赏您迷人的鼻子了。

**伊莎贝拉**：等着，我要挠花你的脸。

**阿隆索**：那您亲吻它就会反感的。

**伊莎贝拉**：你去哪儿了，你这个流氓？

**阿隆索**（对公众）：我给您说什么来着？摆脱了一切法律，没有一个警察认出我，但法定配偶依然认出了我。哎呀，摆脱妻子太难了！
（对伊莎贝拉）哎呀，伊莎贝拉女士！

**伊莎贝拉**：什么？

**阿隆索**：哎呀，伊莎贝拉女士！（用袖子擦眼睛）

**伊莎贝拉**：干吗？

**阿隆索**：哎呀，伊莎贝拉女士！（哭泣）

**伊莎贝拉**：不要假模假样了。我知道你的鬼把戏。我是什么伊莎贝拉女士？我是你的妻子。

**阿隆索**：哎呀，伊莎贝拉女士！你还是什么都不知道！（哭泣）

**伊莎贝拉**：发生了什么事？

**阿隆索**：天知道！我爱你，永远爱你。天知道！我一直追求着你。

**奥图诺**：我可不知道这个。

**阿隆索**：你是上帝啊，是吗？哦，伊莎贝拉女士！天知道！古往今来，没有哪个女人得到过和将得到像我爱你这样的爱。

**伊莎贝拉**（感动）：可你为什么哭泣，我的阿隆索？

**阿隆索**：哦，伊莎贝拉女士！邪恶的力量反对我们的温柔联盟。天知道！命运反对我们。你读过公爵的最近一项法令了吗？

**伊莎贝拉**：还没……

**阿隆索**：哦，我的爱！邪恶的首相堂·罗德里戈宣布我不受法律保护。所有与我相关的合约作废。而且，我的伊莎贝拉，我们的婚约也被废除了。哦，伊莎贝拉，如果没有你我将如何生活？

**奥图诺**（看向旁边）：他撒谎！他撒谎！

**伊莎贝拉**：我亲爱的阿隆索！你知道，我会永远爱你。

**阿隆索**：我知道。唉！唉！

**伊莎贝拉**：我亲爱的阿隆索！我们的事与其他人和他们的法律无关。让我们超越法律，哦，我的阿隆索！

**奥图诺**：这太棒啦！

**阿隆索**：但是你知道吗，这样的话你就把自己置于可怕的危险之中？

**伊莎贝拉**：为了你,哦,我的阿隆索,我会为一切而努力。

**阿隆索**(向旁边)：什么都帮不上！（向伊莎贝拉）伊莎贝拉,快投入我的怀抱吧。天知道,我爱你胜于生命！

**奥图诺**：可怜的神！他今天见证了多少事啊！

阿隆索拥抱伊莎贝拉,站起身,转身并把她扔向奥图诺。
两者都摔倒在地。阿隆索逃跑了。

**奥图诺**（在地上）：哦,见鬼！

**伊莎贝拉**（站起身）：混蛋！站住！

**奥图诺**（追着她）：天知道,我就知道！

落幕。

左侧场景。

堂·冈萨洛和堂·贝尼格诺。

**贝尼格诺**：那么您确定伊奈莎爱上了堂·帕布罗吗?

**冈萨洛**：以我祖父之名发誓,是这样的。这是我的发现。

阿隆索跑进来,意外发现了他们。

**阿隆索**：抱歉,先生们！（想继续跑。）

**冈萨洛**：先生！您弄坏了我的斗篷。

**阿隆索**：先生！对不起，我得快点。

**冈萨洛**：先生！您应该道歉。

**阿隆索**：先生！我赶时间。

**贝尼格诺**：先生！您必须为您侮辱人的行为负责。

**阿隆索**：再见，先生们。（想跑）

**冈萨洛**：这不符合任何规则。

**阿隆索**：我不受规则约束。

**贝尼格诺**：站住！（抓住他）为什么您不遵守规则，给我说清楚？

**阿隆索**：因为我不受法律约束。（抬起帽子）再见，先生们。（跑掉了）

伊莎贝拉和奥图诺赶来。

**伊莎贝拉**：他在哪里？抓住他！

**冈萨洛**：阿隆索·恩里克斯！

**贝尼格诺**：阿隆索·恩里克斯！

追在他身后跑。

落幕。

右边的场景。

堂·卡洛斯，堂·纳西索。

**纳西索**：堂·卡洛斯，我无法相信自己的耳朵！堂·帕布罗爱上了堂·

伊奈莎？首相会说什么？公爵会说什么？

**卡洛斯**：我一直在说。这是我的发现。

阿隆索跑入场，碰到卡洛斯，把他的帽子从他身上撞掉。

**阿隆索**：抱歉，先生。（想继续跑）

**卡洛斯**：站住！您没有权利……

**阿隆索**：我有权随心所欲。

**卡洛斯**：那您怎么拥有如此权利的？

**阿隆索**：我——阿隆索·恩里克斯。再见，先生们。（跑掉了）

**卡洛斯**：阿隆索！

**纳西索**：阿隆索！

追逐着进入，大喊着跑远。

落幕。

一个接着一个场景的幕布升起。

阿隆索冲了过去，碰到接着迎面而来的人并撞倒他们。

追兵越来越多。喊声越来越大。幕布越来越快地上升和下降。

左侧场景。

阿隆索跑过。追兵在他身后。

**贝尼格诺**：你走那条街。包围他。就这样。往这里来……现在他跑不掉了。

*大家跑走。奥图诺仍在。*

**奥图诺**：好吧，是我引起的麻烦。必须拯救阿隆索。要不然他们还在追杀他。怎么做呢？（追在所有人身后。）

*落幕。*

*舞台右侧。*
*在乌尔西诺伯爵夫人的房前。*

**阿隆索**（跑入）：我被包围了。被规则包围的那个人死了。但我不受规则约束。我，当然，也能跑掉……如果和他们在一起的不是我的妻子。正是她在恢复着所有的法律。怎么办？好吧，争辩于事无补。上帝保佑。（他从管道上爬到屋顶上）然而，来到街上后所有人都看见了他。哎呀，管道！（奔向管道）

*两队人从两方跑着入场。所有人汇聚在一起大喊："抓住他！抓住他！"*

**贝尼格诺**：他在哪里？
**卡洛斯**：他在哪里？

**纳西索**：阿隆索在哪里？

**冈萨洛**：阿隆索在哪里？

**伊莎贝拉**：我的恶棍在哪里？

*环顾四周，看着屋顶。*

**奥图诺**（看向旁边）：干得好，阿隆索！（大声地）别无他法，上帝把他
带到了天堂。好像阿隆索经常叫他见证。

*落幕。*

❖

# 第二幕

*中间场景*

*克拉拉·乌尔西诺夫人房间。克拉拉夫人。阿隆索通过烟囱飞入。*

**阿隆索**：您好！

**克拉拉**：圣女！

**阿隆索**：抱歉，夫人，烟囱有点弄坏了我的衣着。

**克拉拉**：这是谁啊？谁啊？您怎么敢？穿过烟囱？

**阿隆索**（看向旁边）：哦，我怎么不知道她的名字？（面向克拉拉）夫人，这是我惯用的通道。

**克拉拉**：先生，您……您是……强盗？

**阿隆索**：您猜对了。

**克拉拉**：啊，仆人！佩德罗！海姆！快来啊！

**阿隆索**：夫人！求您了！

**克拉拉**：快来！来人！

**阿隆索**：夫人！以上帝的名义。（抓住她的袖子）

**克拉拉**：来人！我不怕您！怎么，对一个女人家动手，强盗先生。来吧！

**阿隆索**：好！召唤仆人吧，夫人！让他们抓住我吧，让他们来处罚我吧。我会因为您而受苦。我会为您而死！临死前，我会想着您的。（向一旁）我大半辈子都是为了求得她的名字。（在房间里跑来跑去。大声地说）但我会保持沉默，当他们抓住我时，我会保持沉默。我不会说是什么吸引我来到此处，来到这个房间。让他们认为我是一个小偷。（跑到桌边。喃喃自语）一封给康斯坦撒·奥里安斯夫人的信。（他冲向克拉拉，跪倒在地）啊，康斯坦撒·奥里安斯夫人！我爱您！您不认识我，您是初次见我，但我对天发誓，我爱您，已经两年了。两年前，我在教堂里见过您，我那冷酷的、坚强的心就明白了，它的自由指日可待。哦，康斯坦撒夫人！经历漫长而痛苦的两年之后，深藏心间的、隐秘的，但激情澎湃的爱情，终于得以释放。哦，康斯坦撒夫人，请您怜悯我！我的命运掌握在您的手中。召唤仆人吧，杀了我吧，但请让我吻一下您的手。不要赶走我，康斯坦撒夫人。哦，康斯坦撒夫人，让我亲吻您的手——我别无所求。

**克拉拉**：先生，您发表了精彩绝伦的演讲。但您有一点点误会。即使您疯狂地迷恋了我两年，但无须惊讶的是，您今天首次见到我。

**阿隆索**：您是在羞辱我，康斯坦撒夫人。

**克拉拉**：我根本不是康斯坦撒，而是克拉拉。

**阿隆索**：哦，成千个魔鬼！请原谅，夫人，我错了，来错了地方。我以为这是康斯坦撒夫人的房子。

**克拉拉**：您喜欢康斯坦撒夫人吗？

**阿隆索**：我仰慕她三年了！

**克拉拉**：三年？刚刚说两年。

**阿隆索**：那就是两年。

**克拉拉**：我很开心。康斯坦撒夫人知道将非常高兴。很长一段时间没有人爱她了。她今年八十六岁。这是我的祖母。

**阿隆索**：哦，见鬼！天空的所有力量都与我作对，不是吗？夫人，请原谅我，我错了，我来错地方了。

**克拉拉**：不，先生，您没有错。您到了想要来的地方。您想进入这所房子并爬进去。只是您读到桌子上这封信时才弄错了。您以为这是寄给我的信，实际上，这是我要寄出的信。

**阿隆索**：哦，夫人，您赢了我。我放弃。叫仆人来吧。

**克拉拉**：不，先生，我不会这样做。我喜欢勇敢而足智多谋的人。我喜欢您。

**阿隆索**：哦，我也喜欢您，夫人。我发誓，如果我爱您没有三年，那么我爱您已经三分钟了，而且是真正的爱。

**克拉拉**：这就很好。坐下来，说说吧，您为什么而来，也就是，飞到这里？

**阿隆索**：夫人，请允许我不跟您说。

**克拉拉**：为什么保密？难不成你是摩洛哥王子吗？

**阿隆索**：王子？您是从哪说起的？我只是个强盗。

**克拉拉**：我不信。强盗不可能如此足智多谋。

**阿隆索**：难道您很熟悉盗贼，夫人，以至于对他们这么了如指掌？

**克拉拉**（笑着）：您看！一个简单的小偷能这样回答吗？您是一个贵族，先生。

**阿隆索**：可我不过是一个普通的强盗，夫人。

**克拉拉**：我不信。

**阿隆索**：我的名字是阿隆索·恩里克斯。

**克拉拉**（跳起来）：哦，上帝！

**阿隆索**：您害怕了？

**克拉拉**：不！我是欣赏您！您怎么能说出自己名字，这个名字，还向一个陌生的女人宣布呢？

**阿隆索**：我是一个强盗，一个石匠。我的父亲是石匠。我的祖父是石匠。在我的血管里，没有一滴高贵的血液。但我可以区分一个高贵的人和一个叛徒——我知道您不会出卖我。

**克拉拉**：您是一个贵族。

**阿隆索**：我出生在一个马厩里。我在一个谷仓长大，但我发誓，很少有公爵会愿意和我打架。因为我不是贵族出身。但我要高于贵族。谁更好：费尔南多，伯爵，在街上骚扰一个女人，还是我阿隆索，那个鞭笞这个费尔南多的石匠？不，我并不为我不是贵族而感到羞耻。我为此感到自豪。在我们的公国里，成为贵族是一种耻辱。（对观众道）如果你们中的任何一个是贵族，就会因羞愧消失而不是面对我。我是强盗，但，是抢劫贵族的强盗。我是一个小偷，但，是一个偷盗贵族的小偷。我是一个杀手，但，是一个杀侯爵的杀手。要小心了，贵族们！谁是修达德的第一贵族，我们的统治者，我们敬爱的公爵？愚蠢的傻瓜，老迈无助的笨蛋。难道是他统治公国吗？是罗德里戈统治着，他是首相。那罗德里戈是谁？一个白天折磨人民，晚上和这个乌尔西诺淫乱。但菲利普是公爵，罗德里戈是侯爵，而克拉拉·乌尔西诺，克拉拉呢，没有一个诚实的人不憎恶地谈论她——她是一个伯爵夫人。要在他们面前脱帽致敬，先生们。道路先让给高贵的贵族。阿隆索，一个强盗，一个石匠，要向他们鞠躬行礼。

**克拉拉**：不，阿隆索，您不是石匠。您是王子，阿隆索！

**阿隆索**：您又来了，夫人？您在侮辱我。

**克拉拉**：不，您是个王子。你是王子。我爱您。

**阿隆索**：我也爱您！（冲向她）

**克拉拉**：但我是一个贵妇！甚至——我是伯爵夫人！

**阿隆索**：这有什么！规则总有例外。并非所有的女贵族都像克拉拉·乌尔西诺。尤为荣幸的是，你，伯爵夫人，爱上了强盗。

**克拉拉**：是的，我爱上了诽谤我的强盗。阿隆索！克拉拉·乌尔西诺爱你！

**阿隆索**：什么？……克拉拉是谁？

**克拉拉**：我——克拉拉·乌尔西诺。

**阿隆索**：胡说！

**克拉拉**：我相信你是一个普通的的强盗，为什么你不相信我是一个普通的妓女？

**阿隆索**：撒谎！

敲门声。

**克拉拉**：这就向你证明。

**阿隆索**：这是谁？

**克拉拉**：罗德里戈！

**阿隆索**：首相？

**克拉拉**：是他。

**阿隆索**（短暂沉默后）：原来如此！我懂了。好的。让他去死！

**克拉拉**：你太着急了。杀人什么时候都来得及。过来。（她想把他带到屏风后面。抓着他的袖子）

**阿隆索**（嫌恶地挣脱着她的手）：请不要触我……伯爵夫人。

**克拉拉**：哦，怎能这样……？听着，强盗，阿隆索先生。您只是，好吧，可以说，您尊重了我。那请您再尊重我十分钟。

**阿隆索**：但如果您出卖我，瞧着吧……

**克拉拉**：女贵族的承诺，石匠。

阿隆索躲藏。克拉拉打开门。

**罗德里戈**（进入）：克拉拉，您在忙吗？

**克拉拉**：我在梳理头发，先生。

**罗德里戈**：先生？为什么这么客套，亲爱的？

**克拉拉**：每次过一段间隔后，当我再看见您的时候，我就会忘记您不是一个无所不能的首相，而是……一个好朋友。您很久没有来我这儿了，罗德里戈。

**罗德里戈**：我很忙。很累，克拉拉（他卸下剑，坐下）我累了。无论白天和黑夜，早晨和晚上都一个样。成为野兽的驯服者并不容易。

**克拉拉**：我的驯服者！

**罗德里戈**：克拉拉，您不知道！当站在笼子里，看着它们如何舔您的手……不是恐惧，而是发自内心地感到骄傲。但是，当我离开笼子，当我看不到我的野兽，我会想起它们，现在就是……

**克拉拉**：您害怕吗，罗德里戈？

**罗德里戈**：不，我不害怕。我累了。驯兽师不应该累。当看不到我的野兽时，我感觉到，总有一天它们会撕裂我。

**克拉拉**：为什么您有如此悲伤的想法，我的罗德里戈？

**罗德里戈**：是的，您是对的。我来你这儿实在不是为了哭诉，而是我太疲倦了。

**克拉拉**：坐在火炉边吧，罗德里戈。就这样。亲爱的。

**罗德里戈**：克拉拉，您是我唯一的安慰。

**克拉拉**：您为什么说这些是哭腔呢。亲爱的，您怎么了？

**罗德里戈**：我不知道……我，可能害怕了。但是怕什么，我不知道。我害怕一切。

**克拉拉**：您为此羞耻吧！您，永远都无所畏惧。

**罗德里戈**：我不怕它们的爪子，我怕它们的眼睛。它们是懦夫，但没有什么比懦夫的眼睛更可怕了。当我走在街上时——它们看着我。当我背对着它们时，我感觉到它们的眼睛。懦夫的眼睛。它比剑更糟糕。现在……成千上万的眼睛，整个公国的眼睛，懦弱的、奴隶的眼睛，无力的眼睛。克拉拉，我很害怕它们。

**克拉拉**：罗德里戈！

**罗德里戈**：无论白天和黑夜，早晨和晚上都一个样。噢，要抠掉它们的眼睛，所有的眼睛！（沉默，笑）我老了，克拉拉。衰老的人的恐惧。这绝不会发生。难道懦夫会反抗？畜生——注定是畜生的命运。关在笼子里……好好地调教，就够了……

**克拉拉**：我光荣的驯服者！（同他亲昵）

**罗德里戈**：我无所畏惧。吻我，克拉拉……就这样！大点劲儿！我只是厌倦了为别人工作。如果野兽属于我。我理应为他人驯服它们。这位公爵，这个老笨蛋。我必须为他工作。为什么他是公爵，我不是？为什么掌权的是傻瓜？哦，克拉拉，如果我是公爵就好啦！……

**克拉拉**：可您毕竟是无所不能的，我的罗德里戈。

**罗德里戈**：不是那样的。当你知道自己比他更强大、更有力时，你每天还得去拜见头戴王冠的老爷子，鞠躬行礼，卑躬屈膝。请求他的许可，就好像他在施舍你。

**克拉拉**（坐在罗德里戈的腿上）：那您为什么不能当公爵呢，我的罗德里戈？

**罗德里戈**：我？公爵？

**克拉拉**：是的！公爵！您为什么不推翻菲利普？或许您可以呢？军队只认可您。没有人服从公爵。

**罗德里戈**：醒醒！

**克拉拉**：您将成为公爵，一位伟大的公爵！看看我们的城市。它太小，太微不足道。请您成为公爵，成为公爵吧！而我们的公国将成为第一。

**罗德里戈**：要背叛统治者！

**克拉拉**：他算您哪门子统治者？罗德里戈，像个男人吧！您必须推翻菲利普。您必须。

**罗德里戈**：是的，我必须，我将成为公爵。等一下，我会废除菲利普。我自己将成为公爵，不，是国王。不要服从任何人，任何人。要成为自由的人。那时他们会看到，那时……

**克拉拉**（抱着他的膝盖）：那时我将成为女王。真的吗？真的吗？

**罗德里戈**：您吗？

**克拉拉**：您会娶我，罗德里戈，对吗？是吗？是吗？娶我？

**罗德里戈**：克拉拉！

**克拉拉**：您的妻子死了。国王必须结婚。我将成为您的王后。是吧，真的吗？（吻他。）

**罗德里戈**：但是，克拉拉，您……

**克拉拉**：我——一个妓女？是吗？我知道！我什么都知道！一个国王娶了自己的情妇就是淫秽无道！顺便说一下，情妇还必须继续做情妇。而你应当娶一个公主，一个愚蠢、丑陋的公主，但拥有皇室血统？是吗？

**罗德里戈**：克拉拉！您怎么了？

**克拉拉**：我没什么。我只有这样。我只是……

**罗德里戈**：克拉拉！您也累了？我累了。我来您这里是休息的。而您也是……

**克拉拉**（笑着亲吻他）：我在开玩笑，我的罗德里戈。让我吻您一下。难不成您认为我是认真的？

**罗德里戈**：好吧，亲爱的。好吧。我累了。

**克拉拉**：您累了吗？您想休息吗？

**罗德里戈**：我在火边坐会儿。您坐在我旁边。我累了。抱着我。像这样。这样太棒了。

**克拉拉**：罗德里戈，您常来我这儿吧。您在我这儿休息吧。

**罗德里戈**：我会常来的。每个星期三。坐近点。这样。就这样。无论白天和黑夜，早上和晚上，都一个样。（*睡着了*）

*克拉拉悄悄地起身，走到屏风后面，用手拉着阿隆索，靠近火炉。*

**克拉拉**：看啊！

**阿隆索**：什么？

**克拉拉**：克拉拉·乌尔西诺，一个情妇、一个妓女，这就把首相交给你。

**阿隆索**：阿隆索·恩里克斯不杀手无寸铁的人。

**克拉拉**（笑着）：你不过是害怕。

**阿隆索**：我不会杀他，因为我不是懦夫。

**克拉拉**：那就离开吧。我不需要你。我自己动手。

**阿隆索**：你不会杀他的！

**克拉拉**：谁敢阻止我？

**阿隆索**：我。只有女人才杀睡觉的人。

**克拉拉**：还有呢？好！我会记得的。

**阿隆索**：克拉拉。每个星期三！

**克拉拉**：什么"星期三"？

**阿隆索**：他每个星期三都来找你！

**克拉拉**：那又怎样？

**阿隆索**：总有一个星期三将是他最后一个星期三。我不会杀他。我会让他活着。（对罗德里戈说）驯兽师任何时候都不应该害怕任何事情。"无论白天和黑夜，早晨和晚上都一个样"。但你若怕了，你就会死。我们将打破牢笼，野兽将撕碎你，驯兽师。

落幕。

# 第三幕

## 第二场

左面场景。

街道上。堂·贝尼格诺和堂·冈萨洛。

贝尼格诺：啊，堂·冈萨洛！

冈萨洛：啊，堂·贝尼格诺！

贝尼格诺：堂·冈萨洛！

冈萨洛：怎么，堂·贝尼格诺？

贝尼格诺：您喜欢这样吗？

冈萨洛：根本不喜欢！

贝尼格诺：什么时候结束这一切？

冈萨洛：根本不会结束。

贝尼格诺：怎么不会结束？

冈萨洛：很简单。他不可能被抓住。

贝尼格诺：怎么抓不住？

冈萨洛：很简单。他不可能被抓住。

贝尼格诺：怎么会不被抓住？

冈萨洛：很简单，他们抓不住他。

贝尼格诺：但整个城的人都起来了。

冈萨洛：即使再来两座城的人。

贝尼格诺：他在街上自由自在，光天化日下不作掩饰伪装。

冈萨洛：没有人能抓住他。

贝尼格诺：您喜欢这样吗？

冈萨洛：完全不喜欢。

贝尼格诺：这一切怎么结束？

冈萨洛：它根本不会结束。

贝尼格诺：再见，堂·冈萨洛。

冈萨洛：再见，堂·贝尼格诺。（退出）

落幕。

右侧舞台。

另一条街。夜里。堂·纳西索和堂·卡洛斯。

**纳西索**：堂·卡洛斯！堂·卡洛斯！

**卡洛斯**：晚上好！

**纳西索**：堂·卡洛斯！

**卡洛斯**：怎么回事,亲爱的堂·纳西索？

**纳西索**：我刚刚见到……嗯,你觉得是谁？你们都知道。

**卡洛斯**：公爵？

**纳西索**：更糟糕！

**卡洛斯**：首相！

**纳西索**：更糟糕！

**卡洛斯**：难道是鬼本身吗？

**纳西索**：差十倍。阿隆索·恩里克斯！

**卡洛斯**：我就知道！

**纳西索**：堂·卡洛斯,您总是知道一切！

**卡洛斯**：您跟他做了什么？

**纳西索**：和谁？

**卡洛斯**：和阿隆索！

**纳西索**：圣母啊！哦,当然没什么。我藏了起来。

**卡洛斯**：太不体面了,堂·纳西索,你成了躲避强盗的贵族。

**纳西索**：您说得倒好。您自己敢和他见面吗？

**卡洛斯**：是的,如果我遇到他,我会……

**纳西索**：您看着吧,他就会回来的。

**卡洛斯**：不可能。

**纳西索**：看呐。

**卡洛斯**：快跑!

**纳西索**：那您刚才怎么……

**卡洛斯**：如果生命对你而言是珍贵的!

躲在拐角处。阿隆索走过。

**卡洛斯**（离开）：您看见了吗?

**纳西索**（离开）：您看见了吗?

**卡洛斯**：他要去哪儿?

**纳西索**：您要跟踪他吗?

**卡洛斯**：上帝保佑!

**纳西索**：真想知道,他在哪里过夜的!

**卡洛斯**：在地狱里,别无他处。我们无处可寻。

落幕。

## 第三幕

皇宫金銮殿。黑夜。昏暗，空旷。

**阿隆索**（跳入窗户）：好了！这些木头警察在整个城市搜寻我，搜查所有房屋。难不成他上天了，是吗？其实他就在宫殿里。最可靠的是躲避在那些最想找到你的人那里。什么都看不见……这是什么？王座？哦，我在金銮殿！它原来是这样子的！墙上那些人，应该是祖先吧……亲爱的祖先，您见过强盗吗？别担心，他不会碰您。遗憾的是，我看不到您的脸。您可能感到愤怒：请怜悯我，一个石匠、一个强盗在金銮殿！天在看什么？他的雷鸣电闪在哪里？但我会坐在宝座上，是的，我会坐下来，没有任何事情发生在我身上。（坐下）什么，祖先？您无法相信自己的眼睛。没什么，很快就习惯了。很快，很快。好吧，该死的，坐在宝座上。总的来说，我认为，皇宫里真好。这个罗德里戈说的一些话让我无法安宁。天黑了……您想成为国王，罗德里戈？国王将是人民。在这个大殿里，人民将坐在这座宝座上。哈哈。亲爱的祖先，我们将取代您。我们将用我们祖先的肖像代替您。伐木工、制鞋商、石匠和马车夫。我的祖父也会挂在墙上。把您取下来，老傻瓜？而您的孙子将……我将成为什么？我会是谁？（溜下宝座）见鬼！我怎么了？阿隆索，你怎么了？你变得严肃起来。看，你已经一个星期没笑了！阿隆索，阿隆索，停止抱怨。都怪这个罗德里戈……

**伊奈莎**（进入，悄悄地）：帕布罗？是他！

**阿隆索**：谁在那里？

**伊奈莎**：我的帕布罗！

**阿隆索**（向旁边）：虽然我不是帕布罗，但我心甘情愿。

**伊奈莎**：我的最爱！

**阿隆索**：我的最爱！

**伊奈莎**：我亲爱的！

**阿隆索**：我亲爱的！（向旁边）真心爱的。无论我怎么看，我都看不够。

**伊奈莎**（拥抱他）：我的……不是他！……不是他！

**阿隆索**：美丽的小姐！为什么喊，为什么我不是他呢？我并不比他差啊。

**伊奈莎**：放开我，放开我！我完了！

**阿隆索**：正好是你不必大喊大叫的原因。（拉着她到窗口去）哦，天哪！漂亮的女人！（亲吻她）

**伊奈莎**（爆发）：先生！您是一个恶棍！

**阿隆索**：哦，我的天啊！担心什么？我向您保证……

帕布罗跳过窗户。

啊,是的,今天皇宫里大雨倾盆!连傻瓜也跑出来。

**伊奈莎**(冲向他):我的帕布罗!

**帕布罗**:我的伊奈莎!

**阿隆索**(向旁边):这显然是真正的"他"。

**伊奈莎**:救救我!

**帕布罗**:发生了什么事?

**伊奈莎**:在那边!在那边!

**帕布罗**:什么,亲爱的?

**伊奈莎**:在那儿。那里……

**帕布罗**:那里怎么了?

**伊奈莎**:他在那里!

**帕布罗**:他是谁

**阿隆索**:是我——他!

**帕布罗**:哦,恶人,你偷窥了我们!

**阿隆索**:我可以向您保证,不会有类似的事了。

**帕布罗**:您是谁?

**阿隆索**:现在我自己也不知道。起初这位尊敬的小姐说我——是他。看到我后,她尖叫道:"这不是他!"现在又说:"就是他。"所以我自己也不知道我是谁:到底是否是他。

**帕布罗**(拔剑):你小心点,混蛋!(他冲向阿隆索,撞到一根柱子。)

**阿隆索**:这不是他。这是一根柱子。

**帕布罗**:你去死吧!(用剑向四面八方刺去,都刺在墙上了)

**阿隆索**:您杀死的是墙上的那位祖先,先生,别白费力气了。他已经死了。

**帕布罗**（寻找阿隆索）：哦，终于逮到你了。瞧好吧！

**阿隆索**：如您所愿……（打斗）先生，小心，不要在黑暗中杀死自己。

战斗间，二人倒在透过窗户迸发出来的月光下。

**帕布罗**：阿隆索·恩里克斯！

**阿隆索**：帕布罗·佩雷斯！

扔下剑，冲向彼此的怀抱。

**帕布罗**：哦，伊奈莎，就是他！

**阿隆索**：看，小姐，我还是——他！

**帕布罗**：哦，伊奈莎！这就是我告诉过你的，我的同乳兄弟阿隆索。

**阿隆索**：很高兴你跟这个优秀的人讲过我。你告诉她什么了——我是个强盗？骗子？杀人犯？

**帕布罗**：哦，阿隆索，你怎么能这么想！

**阿隆索**：讲了听到我的名字时每个善良的基督徒都应该不寒而栗吗？

**帕布罗**：哦，阿隆索！

**阿隆索**：还是祈求主降厄运于我？

**帕布罗**：哦，阿隆索！

**阿隆索**：好吧，我在开玩笑，开个玩笑。你是一个好人，帕布罗。你是我唯一尊敬的贵族。

**帕布罗**：哦，阿隆索！

他们亲吻。

**帕布罗**：但你为什么来这里，阿隆索？
**阿隆索**：那你俩又为何在这里？
**帕布罗**：我们彼此相爱！

与伊奈莎亲吻。

**阿隆索**：好吧，那我爱自己。（亲吻自己的手）
**帕布罗**：但是，你到底为什么来这儿？
**阿隆索**：那你们到底为什么来这里？
**帕布罗**：堂·罗德里戈不允许我们彼此相爱。
**阿隆索**：那个罗德里戈也不允许我爱自己。
**伊奈莎**：他想把我嫁给他的亲生儿子，但我不想。阿隆索。他想让我当地狱女王，但我不想。帕布罗。这就是我们晚上在这里相见的原因。阿隆索。这就是我在这里过夜的原因。
**帕布罗**：哦，伊奈莎！
**伊奈莎**：哦，帕布罗！

他们亲吻。

**阿隆索**：哦，阿隆索！（亲吻自己的手）帕布罗！恭喜你。你的新娘——是个美人。
**帕布罗**：唉！

**伊奈莎**：唉！

**阿隆索**：怎么回事？

**帕布罗**：谁知道她会不会是我的妻子？

**伊奈莎**：谁知道我会不会是他的妻子？

**帕布罗**：堂·罗德里戈！

**伊奈莎**：堂·罗德里戈！

**阿隆索**：朋友们，不要忧伤！让堂·罗德里戈下地狱吧。我会帮助你们的。

**帕布罗**：哦，阿隆索，我总是跟伊奈莎说：只要阿隆索和我们在一起，他就会帮助我们！

**阿隆索**：就这样，他与你们同在，他会帮助你们。

**帕布罗**：哦，阿隆索！

他们亲吻。

**伊奈莎**：哦，堂·阿隆索！（吻他）

**阿隆索**：哦，帕布罗！（亲吻他）哦，伊奈莎！（充满幻想地亲吻她）哦，伊奈莎！（亲吻她）哦，伊奈莎！（亲吻她）

**帕布罗**：我们多久没见到你了，阿隆索！

**阿隆索**：是的，确实很久了。你还是一个样子，没有改变。充满幻想的、善良的（向旁边）傻瓜。

**帕布罗**：你也没有改变。

**阿隆索**：嗯，没变！

**帕布罗**：一直都这样很有趣。

**阿隆索**：愉快是愉快，但是……好吧，该说些什么……是的，我曾经很愉快……愉快……可我不再愉快了，帕布罗。是的……还是说正事吧，帕布罗。

**帕布罗**：什么？

**阿隆索**：你想娶这个漂亮的女孩吗？

**帕布罗**：哦，阿隆索！

**伊奈莎**：哦，堂·阿隆索！

**阿隆索**：你想让我帮你吗？

**帕布罗**：哦，阿隆索！

**伊奈莎**：哦，堂·阿隆索！

**阿隆索**：那听着吧，孩子们……我向你们发誓，距你们结婚的时间不会超过两个星期。

**帕布罗**：哦，阿隆索！

**伊奈莎**：哦，堂·阿隆索！

**阿隆索**：可是……

**帕布罗**：什么？

**阿隆索**：你也必须向我发誓，你会帮助我。

**帕布罗**：赴汤蹈火！

**阿隆索**：无论什么事？

**帕布罗**：无论你在哪里召唤！

**阿隆索**：反对任何人都行？

**帕布罗**：即使反对魔鬼！

**阿隆索**：发誓……等等，你什么职位？

**帕布罗**：团长。

**阿隆索**：士兵们爱戴你吗？

**帕布罗**：什么奇怪的问题？

**阿隆索**：回答我！

**帕布罗**：嗯，是的，爱戴。

**阿隆索**：非常爱戴？

**帕布罗**：非常。

**阿隆索**：现在你发誓。

**帕布罗**：我发誓。

**阿隆索**：我也发誓。等着我，帕布罗。好吧，再见，情侣们。两周后会是你们的婚礼。

**帕布罗**：哦，阿隆索！

**伊奈莎**：堂·阿隆索！

**阿隆索**：别忘了邀请我。

**帕布罗**：哦，阿隆索！

**伊奈莎**：哦，堂·阿隆索！

**阿隆索**：不要提前后悔。毕竟，我是一个强盗。

**帕布罗**：哦，阿隆索！

**伊奈莎**：哦，堂·阿隆索！

**阿隆索**：不过，谁知道两周内会发生什么呢。也许……好吧，再见，情侣们。我不打扰你们了。再见。

**帕布罗**：等等，等等！我忘了问你。

**阿隆索**：什么？

**帕布罗**：你妻子好吗？愿她身体健康，哈哈哈。

**阿隆索**：妻子！啊，妻子。哦，好吧。告诉我，堂·帕布罗，堂·罗德里戈怎么样？祝他身体健康？

**帕布罗**：哦，阿隆索！

**阿隆索**（模仿）：哦，帕布罗！听着，帕布罗。如果你再问我一次我的妻子，我发誓我会去找罗德里戈，出卖你，你听到了吗？妻子！妻子！你笑什么？玩得开心吗？这个魔鬼伊莎贝拉破坏了我的所有计划。

**伊奈莎**：堂·阿隆索，别生气！帕布罗只是开玩笑。

**阿隆索**：我愿意和他交换妻子，小姐！再见。（爬出窗户。对公众说）我总是说，傻瓜都是幸福的。

落幕。

第三次幕间休息

几天之后。夜晚。街道上。法比奥，吉恩斯和卡斯塔诺。

**法比奥**：我现在认不出我们的阿隆索了。

**吉恩斯**：从什么时候起？

**卡斯塔诺**：大概已有两周。

**法比奥**：他不再快乐了。

**卡斯塔诺**：表情阴沉。

**法比奥**：也不再开玩笑了。

**吉恩斯**：对朋友们粗鲁。

**卡斯塔诺**：和女人一样。

**法比奥**：哎呀，这不可能！

**卡斯塔诺**：对天发誓！我亲眼看到他打了一个女人。

**法比奥**：阿隆索？

**卡斯塔诺**：他亲自动的手！

**法比奥**：奇迹！他发生了什么？

**吉恩斯**：来吧，朋友们！现在我们就来了解一切。

**法比奥**：我不明白，阿隆索发生了什么。

大家离开。

落幕。

右侧舞台。

另一条街。夜晚。两名强盗进入。

**一个人**：你知道路吗？

**另一个人**：跟我来。

路过。奥图诺和伊莎贝拉进入。

**奥图诺**：站在这里等他。他会经过附近。

**伊莎贝拉**：我只想抓住他！

**奥图诺**：看在上帝的分上，不要告诉他是我带你来的。

**伊莎贝拉**：别担心。

**奥图诺**：他来了！我跑啦，希望他没有注意到我。我只是害怕你一个人……

**伊莎贝拉**：哦，我可以独自处理。快走吧！

**奥托诺**（逃跑）：我会教训他的，他骚扰我的哈辛塔。

阿隆索、埃尔南尼奥和胡安入场。

**伊莎贝拉**：站住，我的朋友！

**阿隆索**：对不起，我赶时间。

**伊莎贝拉**：赶时间？去哪里？我很感兴趣。回答我，你的无耻的眼睛。

**阿隆索**（冷静地）：哦，是你，伊莎贝拉？放我走，我没时间。

**伊莎贝拉**：哦，不，我的朋友。你想逃离我是不会容易的。我终于逮住你了。

**阿隆索**（依然如此地）：伊莎贝拉，放开我。我得走了。

**伊莎贝拉**：哪里去，恶棍？说话，去找哪个贱人，杀人犯？

**阿隆索**（威胁）：别缠着我！

**伊莎贝拉**：不，我的朋友！我不会让你走的！

**阿隆索**：别纠缠我！

**伊莎贝拉**：放荡浪子！

**阿隆索**：见鬼去吧！（抓住她，把她扔到一边）不！听见了吗？我说，别再纠缠我了。

**伊莎贝拉**（尖叫）：哎哟！杀人啦！救命啊！哎哟，哎哟！

**阿隆索**：听着，如果你再喊，就再来一下！

**埃尔南尼奥**（向胡安）：看。他怎么了？

**胡安**：他在威胁女人。

**阿隆索**：如果你试着跟着我……最好不要这样做！够了，我受够了说笑话和俏皮话来和你瞎折腾。我将采取更果断的行动。懂了吗？……走吧，朋友们。

**伊莎贝拉**：阿隆索，我亲爱的，亲爱的！你是为了谁离开我的？

**阿隆索**：见鬼。

**伊莎贝拉**：我的阿隆索。

**阿隆索**：不！没听到我说的话吗？

**伊莎贝拉**：阿隆索！

**阿隆索**：滚出去！（向她扬起手。她跑开了）我是个傻瓜。两年来，我跟她开尽了玩笑，没有任何结果，而一旦我下了决心，就一切都解决了。

离开。

落幕。

## 第四幕

一些不知建筑物内部。夜晚。强盗们；又有两个强盗入场。

**第一个强盗**（进入）：阿隆索还没走？

**吉恩斯**：还没，如你所见。

**法比奥**：午夜时分已过。他错过了截止期限。

**第二个强盗**：这可不像他。

**法比奥**：他变了。

**卡斯塔诺**：最近，我们根本无事可做。

**吉恩斯**：无所事事。

**第三个强盗**：我厌倦了。

**法比奥**：阿隆索一副忧郁的样子。他怎么了？

**奥图诺**：我知道。

**众人**：快说！快说！

**奥图诺**：他爱上别人了。

**众人**：哈哈！

**法比奥**：嗯，你可不了解我们的阿隆索，如果你认为他是出于爱放弃事业。

**奥图诺**（严峻）：谁还能像我一样了解他？

**吉恩斯**：真是奇迹：阿隆索不开心了，奥图诺不醉酒了。

**众人**：哈哈！

**法比奥**：因为奥图诺已经结婚了。

**吉恩斯**：怎么结婚了？

**法比奥**：前天，他与哈辛塔结婚了。

**第一个强盗**：小餐馆老板的女儿。

**众人**：呵呵！

**法比奥**：他发誓不再喝酒。这已经是第二天不喝醉了。

**吉恩斯**：难怪他如此郁郁寡欢。

**众人**：呵呵！

**第二个强盗**：可以看出，他已经被戴上绿帽子了。

**众人**：哈哈！

*阿隆索、赫尔纳尼奥进入。*

**阿隆索**：为什么这么吵？

**法比奥**：我们在笑奥图诺呢……对了，你知道奥图诺结婚了吗？

**阿隆索**：怎么？

**法比奥**：我们在笑，他的妻子已经给他戴绿帽了。

**众人**：哈哈！

**阿隆索**：没什么好笑的。闭嘴！你们听清没？

*所有人静默起来。他们惊讶地互相看着对方。*

**法比奥**：阿隆索！这还是你吗？

**阿隆索**：怎么了？

**法比奥**：你禁止笑？

**阿隆索**：是的，我禁止。怎么，你们想要让整个城市里的人都跑来听你们的笑声吗？

**法比奥**：难道不是你说的，你可以强迫一个人不睡觉，但你不能强迫他不笑吗？

**阿隆索**：现在我说：闭嘴。

*所有的人都互相看着对方。*

**奥图诺**：阿隆索！等一下。

**阿隆索**：没时间。

**奥图诺**：这是必要的。

**阿隆索**：以后吧。

**奥图诺**：不，现在。

**阿隆索**：放开我。你喝醉了。

**奥图诺**：我要求你听我说。

**阿隆索**：你要求？哦，好吧。来吧。

*离开去舞台一侧。*

**法比奥**：他们怎么了？

**卡斯塔诺**：他们两个都认不出了。

**奥图诺**：阿隆索，你知道我和哈辛塔结婚了吗？

**阿隆索**：我知道。

**奥图诺**：今天我不在的时候，你和她在一起吗？

**阿隆索**：在一起。

**奥图诺**：以前你对朋友不是这样做的。

**阿隆索**：我不明白。

**奥图诺**：不要避而不答。直接回答吧。

**阿隆索**：你在威胁我？

**奥图诺**：是。

**阿隆索**：你喝醉了！

**奥图诺**：够了，别提醉酒的事了。我烦透了这个。回答我，否则……

**阿隆索**："否则"是什么意思？

**奥托诺**（大喊）：阿隆索！

**阿隆索**：什么？

**奥图诺**：你要和我决斗！

**阿隆索**：改天吧！

**奥图诺**：不，就现在。

**阿隆索**：别缠着我！

**奥图诺**：你是个胆小鬼！

**阿隆索**：奥图诺！（抓住他的剑）

**法比奥**：朋友们！冷静下来，朋友们！

**众人**：放下！阿隆索！奥图诺！安静！

**法比奥**：听着，阿隆索，你为什么召唤我们来此？互相打斗还是做生意？

**卡斯塔诺**：我们等够了。

**吉恩斯**：为了正事而来。

**第一个强盗**：我们闲坐着，无事可做。

**众人**：生意！生意！

**阿隆索**：嘿，安静！听着！差不多一个月了，我们什么都没做了。

**众人**：是的！是的！我厌烦了！

**阿隆索**：我们藏在角落里，都像个兔子，什么都不做……

**众人**：是的！是的！生意！

**阿隆索**：我们眼睁睁看着，堂·罗德里戈和他的走狗在勒索人民，而我们却沉默不语!

**众人**:是的!是的!

**阿隆索**:我们没有抢劫一个贵族。没杀死一个恶棍……

**众人**:是的!是的!是的!

**阿隆索**:那就听着!我宣布,将来不会有一个贵族被抢,也不会有一个伯爵被杀。

　　困惑不解。困惑变成愤慨。怨言。

**吉恩斯**:阿隆索!这是什么意思?

**第一个强盗**:回答我!

**法比奥**:你怎么了?

**奥图诺**:我知道他为什么这么说。他是个胆小鬼!由于他是法律之外的人,他一直害怕。他更喜欢躲在女人的裙子后面。他是个胆小鬼。

　　阿隆索沉默起来。

**法比奥**:看啊!他受到了侮辱,就默不作声了。

**奥图诺**:他是个胆小鬼!

**阿隆索**:闭嘴!我再说一遍,从今天开始我们停止进攻。阿隆索·恩里克斯的团伙宣布解散。

**奥图诺**:他叛变了!我知道:他和首相的情妇,克拉拉·乌尔西诺,在一起。

怨声一片。

**吉恩斯**：阿隆索！这是什么意思？
**阿隆索**：意味着，我是克拉拉·乌尔西诺的第二个情人。我每天都去拜访她。
**众人**：啊！
**阿隆索**：我爱她，她也爱我。因此，我要解散你们。
**奥图诺**：叛徒应该死！
**法比奥**：阿隆索！
**阿隆索**：我们别再从角落只向某一个人进攻，而是要突袭所有的人。
**奥图诺**：不要相信他！
**阿隆索**：听我说。首相罗德里戈宣布我不受法律保护，我确信不受法律约束生活得更好。现在我希望所有人都过得好，所有人都不受法律约束。明白了吗？
**法比奥**：不明白！
**阿隆索**：听着！明晚，我们将推翻菲利普公爵，逮捕罗德里戈及其所有的爪牙并废除法律。整个修达德市都将不再受法律约束。将不再有法律。每个人都将成为自己的法律。
**法比奥**：阿隆索，你疯了吗？
**吉恩斯**：他是怎么了？
**阿隆索**：你们害怕吗？你们，一辈子都在为抵抗法律而斗争，却害怕废除它吗？
**法比奥**：我们并不害怕，但我们只有二十个人。
**阿隆索**：事实并非如此。我们是二十万。所有人民都会支持我们。

**法比奥**：人民——都是羔羊。都是胆小鬼。他们不会支持我们的。

**阿隆索**：但他们也不会反对我们。朋友们，我们从角落里周旋够了。让我们勇往直前吧。突袭所有的人。我们二十个人，贵族——两千人。难道我们所有人杀不死几百个懦夫？

**第一个强盗**：但军队呢？

**阿隆索**：军队也是——人民。它将跟随我们。

*人群犹豫不决。*

**阿隆索**：听着，朋友们！我——阿隆索·恩里克斯，一个强盗、一个快乐的家伙，一生都在喝酒、调情和打架，我开始思考。人民受苦——我们帮助他们，人民蒙受苦难——我们为他们报仇，人民不幸——我们安慰他们。但人们需要这样的帮助吗？不！我们必须从根本上铲除奴隶主，废除法律。

**法比奥**：那谁来管理我们？

**阿隆索**：没有人！每个人自我管理。还记得吗，我们发过誓，除了荣誉法则之外，我们没有任何法律规定？所以，除了荣誉法则之外，任何法律不复存在！

*沉默。*

**阿隆索**：你们明白吗，这意味着什么？这意味着没有强奸犯，也没有奴隶。没有贵族，也没有税收。没有警卫，也没有监狱。一切都将——不受法律约束。

**奥图诺**：朋友们！阿隆索是对的。除了荣誉法则之外，没有其他法律。战斗吧，废除法律！

**吉恩斯**：反抗暴君，不是我们，不是这些强盗们。不是你，搞笑鬼阿隆索，也不是你，酒鬼奥图诺。

**阿隆索**：不，就是我们，只能是我们。我是快乐的人，我是一个酒鬼，我是一个石匠，所以就该反抗罗德里戈。我一生都在笑，我会笑着去参加战斗。跟我来吧，朋友们！

**奥图诺**：阿隆索，我要追随你！我发誓！除了荣誉法律之外，没有其他法律。

**阿隆索**：还有谁跟着我？

*人群犹豫不决。*

**阿隆索**：你们还有顾虑吗？懦夫！

**法比奥**：我们做不了这么大的事。让其他人推翻公爵。

**阿隆索**：是的，你是对的！其他人要推翻公爵。知道吗？明天晚上罗德里戈会推翻菲利普！

**第一个强盗**：不可能！

**第二个强盗**：罗德里戈！……

**第三个强盗**：我们要完了。

**吉恩斯**：这是谎言。

**法比奥**：事实并非如此。

**阿隆索**：不，的确如此。明天午夜罗德里戈将夺取宫殿并宣布自己为公爵。他贿赂了军队。修达德城城池将落入他手中。这消息确凿，克拉拉·乌尔西诺告诉我的。

**法比奥**：哦，天啊！

**吉恩斯**：该死的！

**卡斯塔诺**：怎么办？

**众人**：怎么办？怎么办？

**阿隆索**：怎么办？你们不知道该怎么办？我知道！一起推翻罗德里戈和菲利普。

**奥图诺**：朋友们！难不成我们把王座拱手相让给罗德里戈吗？这将是我们的末日。

**阿隆索**：也是人民的末日。

**奥图诺**：他会杀了我们。

**阿隆索**：并杀死所有人。

**奥图诺**：他会折磨我们的孩子。

**阿隆索**：强暴我们的妻子。

**法比奥**：战斗！打倒罗德里戈！我加入你，阿隆索！

**众人（一个接一个）**：我加入你！我加入你！我加入你！带领我们！

**阿隆索**：终于！听着！明天晚上十点钟，罗德里戈将出现在克拉拉·乌尔西诺家。我也会在那里。

**众人**：克拉拉……乌尔西诺……乌尔西诺……

**阿隆索**：伯爵夫人乌尔西诺是我们的人。

**法比奥**：不可能！

**阿隆索**：我们的人。她爱我。我做到了。

**奥图诺**：你真是英雄，阿隆索。

**阿隆索**：明天晚上十点钟，我也会在她家。

**吉恩斯**：你会杀了他！

**阿隆索**：不！我不会杀他。要知道，明天不会有一起谋杀案发生。打杀的时代结束了。我们要让罗德里戈活着。

**法比奥**：怎么回事？

**阿隆索**：你们，二十个人，每个人控制一个街区，晚上十点钟时高喊"抓住阿隆索！"冲向乌尔西诺的房子。

**吉恩斯**：我不明白。

**众人**：不明白！不明白！

**阿隆索**：傻瓜们！要吸引更多的人，把他们从房子里赶出来，高喊，呼叫，威胁："抓住阿隆索！他被抓住了！别让他跑了！"这个尖叫声会传遍全城。克拉拉将为你们打开门——到时候罗德里戈就落在我们手里了！

**奥图诺**：他就是我们的了！

**众人**：是的！是的！

**阿隆索**：然后所有人——冲向皇宫，高喊："打倒公爵！打倒菲利普！"警卫们会让我们通过，他会认为我们是罗德里戈的爪牙。帕布罗·皮尔斯团是我们的人。帕布罗会和我们在一起，他知道一切。所有的军队都会追随他，修达德就由我们掌控了。

**众人**：我们的！我们的！

**阿隆索**：那就宣誓吧！

**奥图诺**：我发誓！

**众人**：我们发誓！

**阿隆索**：还有一句话！要记住：我们，杀人犯们，发誓，再不会有谋杀。谋杀发生在有法律的地方。没有法律也就没有谋杀。对待

>　　手无寸铁的人——要怜悯，对待暴君——需要监狱。切记！

**众人**：铭记于心！

**阿隆索**：你们发誓！

**众人**：我们发誓！

**阿隆索**：你们发誓，无论何时何地，你们都会听从于我！

**众人**：我们发誓！

**阿隆索**：现在回家吧。明天见。我们的口号是："除了荣誉法则之外，没有任何法律！"我们的口号是："超越法律"。

**众人**：超越法律！

**奥图诺**：阿隆索，请原谅我。

**阿隆索**：亲爱的朋友，为了什么？

**奥图诺**：我侮辱了你。

**阿隆索**：你是今天第一个理解我的，为此我原谅你。

>　　互相握手。

**阿隆索**：只是，亲爱的朋友，请允许我给你个建议。

**奥图诺**：请说。

**阿隆索**：你像醉汉那样多喝点酒。要不你什么都做不到。

>　　落幕。

## 第四幕

第四次间歇。

左侧场景。

夜晚。街道。军官们。

**第一位军官**：这样,今夜……

**第二位军官**：今天……

**第三位军官**：我们终于将掌握真正的权力。

**第一位军官**：堂·罗德里戈将给他厉害瞧瞧。

**第四位军官**：记住暗号了吗？

**众人**：法律和权力!

右侧场景。

另一条街。强盗们。

**法比奥**：朋友们,都分散在城市里。十点钟快到了。

**吉恩斯**：都别忘了把群众驱赶向何处!

**第一个强盗**：记住暗号了吗？

**众人**：超越法律。

## 第五幕

伯爵夫人克拉拉的房间。克拉拉独自一人。

**克拉拉**：今天我走过广场时，一个男人对我大喊："妓女！"——另一个人："娼妓！"哈哈！对，是的！既是这个也是那个。但还有第三个称谓：公爵夫人。不，要超出公爵夫人！我要成为委派公爵的那个女人。妓女委派人等宝座！我比所有人都强大。而这个阿隆索，对于他来说最重要的是，他超越所有的法律，但他无法击败女人的法则。你们都认为你们是公爵，而公爵夫人就是我，我，一个妓女。（暂停）愚蠢的阿隆索，他想废除所有法律，为了所有人都是平等的。而他自己呢？他会像其他人一样吗？希望他说的就是他心想的。让他触摸王位以求推翻它，他将自己坐在宝座上。阿隆索，王位于你而言太过坚硬了！你说：不需要任何人凌驾于人民！而你自己将成为第一个这样做的人，甚至没有注意到它。

敲门。

**克拉拉**：啊!未来的公爵!（打开门）

**阿隆索**（小声说话）：我害怕我会迟到。他还没来吗?

**克拉拉**：没呢。

**阿隆索**：十点快到了。

**克拉拉**：他快来了。

**阿隆索**：再过半小时……

**克拉拉**：修达德——属于你!

**阿隆索**：修达德——属于我们!

**克拉拉**：属于你!

**阿隆索**：好像有人敲门?

**克拉拉**：是你的幻觉。你为什么低声说话?

**阿隆索**：我不知道。

**克拉拉**：你害怕了吗?

**阿隆索**：哦,克拉拉!明天,就让太阳在它想升起的地方升起,在它想落下的地方落下。让河流回流,让冬天变成夏天和秋天。让病人变得健康。明天在修达德没有法律。我们捣毁法院和皇宫,我们将烧毁监狱,我们将开放仓库。法律在修达德将不复存在!

**克拉拉**：所有都属于你!

**阿隆索**：不是我——是人民!

**克拉拉**：不——你,你,只有你!人民又怎么样?他们在睡觉。他们甚至不知道半小时后会发生什么。这样的人民——是英雄?从来都不是!你是英雄,阿隆索。你为什么贬低自己?像以往一样,阿隆索,你不受法律约束。

**阿隆索**：所有人都将不受法律约束。

**克拉拉**：所有人都受制于法律之下，都受奴役、悲惨的法律的约束。

**阿隆索**(不听她)：明天将不会有妻子和丈夫，绅士和仆人，军官和士兵。每个人都是平等的。

**克拉拉**：于是所有人都是——无足轻重的人。每个人都将成为奴隶。你也将成为奴隶，阿隆索？

**阿隆索**：奴隶？永不！

**克拉拉**：但如果你变成像其他人一样，而所有人都是奴隶，那么你也将会是奴隶。你——是统帅，阿隆索。

**阿隆索**：不会有统帅！

**克拉拉**：奴隶们自己会让你成为统帅。

**阿隆索**：但我不同意。

**克拉拉**：得了吧！他们会找到另一位领导人的。没有指挥棒他们就不会生存。阿隆索！别犯傻！你——就是统帅！

**阿隆索**：我们将抓住所有的贵族、伯爵、侯爵、朝臣、贵宾。菲利普和罗德里戈将被投入同一所监狱。

**克拉拉**：你会杀了他们！

**阿隆索**：不。不会有杀人事件。再也不会杀人了。

**克拉拉**：怎么？你不会杀死罗德里戈？

**阿隆索**：再也不会杀人了。

**克拉拉**(向一旁)：傻瓜！但愿他说其所想。过一个小时，他就会看到另一种情况。

**阿隆索**：过一个小时，我们将推翻王权。

**克拉拉**（向一旁）：一小时后，他将坐在宝座上。

**阿隆索**：没有血腥。

**克拉拉**（向一旁）：在血海中。

**阿隆索**：克拉拉！

**克拉拉**：什么？

**阿隆索**：我的克拉拉！明天晚上我会来找你。

**克拉拉**（对自己）：明天晚上他就会以不同的方式思考。（对阿隆索）你要作为配偶来！

**阿隆索**：作为丈夫！


敲门。


**阿隆索**：罗德里戈！

**克拉拉**：是他！

**阿隆索**：把我藏起来！

**克拉拉**：在这里，屏风后面。（藏他）现在是第二位公爵！（打开门）


罗德里戈进来了。


**克拉拉**：我的公爵！

**罗德里戈**：一切都准备就绪！

**阿隆索**（在屏风后面）：我也准备就绪。

**克拉拉**：我也准备就绪！

**罗德里戈**：部队正在等待命令！

**阿隆索**（在屏风后面）：他们会接到命令的。

**罗德里戈**：午夜时分，我将登上宝座。终于来了！十年来一直是事实上的统治者，同时却在王位面前奴隶似的爬行。我会成为公爵！成为一切之上一切，成为最重要的，超越法律！

**阿隆索**（*在屏风后面*）：超越法律！

**罗德里戈**：和其他人一样可怕。要知道，你就是最后一个奴隶，可怜的小商人，或最后一个工匠。应该遵守别人的法律。我将超越这些法律，我将成为法律的主人。

**克拉拉**：我的公爵……不，我的国王。你是国王，罗德里戈！你是皇帝！

**罗德里戈**：我要让修达德国富强！我会以铁律扶植它！我将成为国王……

**克拉拉**：皇帝！您看着吧，罗德里戈！难道您不是皇帝吗？

**罗德里戈**：我知道，他们讨厌我。随便他们！在人民的仇恨上，我将建立一个伟大的国家。让他们向我尖叫，诅咒我，从角落向我扔石头。时间到了，他们会歌颂我并亲吻我的脚。难道人民懂得什么？他们不想要税收和法律吗？我要将增加税收三倍，并将三倍地加强法律！但我会让人民变得伟大。铁棒，铁律给人民，他们将成为不朽的。早上醒来，就会知道你是主宰者，晚上睡着了，就会感受到你的力量。无止境地工作，但工作不是为了别人，而是为了自己，不要服从任何人，无论是人还是上帝，要在法律之外，不需要服从任何事物。

**阿隆索**（*在屏风后面*）：超越法律！

**罗德里戈**：我会独自统治。我不需要任何人。我将无处不在。一切都将是我的，我将使他们成为英雄。我……

**克拉拉**：罗德里戈，修达德的第一位皇帝！

**罗德里戈**：克拉拉！您在这方面是有罪过的，我的克拉拉。您带我到这里说服了我。我永远不会忘记。

*时钟敲响，十点到了。*

**克拉拉**：我，一个可怜的情妇能做什么？我只请求您别抛弃我。

**罗德里戈**：我？为什么抛弃你？

**克拉拉**：您有时会来找我，对吗，罗德里戈？就在这个房间里，是吗？

**罗德里戈**：每一刻自由时光都是你的。

**克拉拉**：那妻子怎么办？

**罗德里戈**：谁的妻子？

**克拉拉**：毕竟，您需要婚姻，我的皇帝陛下？皇帝必须结婚。

**罗德里戈**：结婚？

**克拉拉**：是的，是的，结婚。娶某一个公主。娶一个丑陋但有公主身份的……

**罗德里戈**：娶一位公主？

**克拉拉**：伊奈莎，菲利普的女儿？对。您会杀死她的父亲再娶她。而我将成为她的仆人。我要去打扫她的床，她会独自睡觉，而您，皇帝，会来我的小储藏室吗？

**罗德里戈**：克拉拉！

*街道响起噪音和呼喊。*

**克拉拉**：街上的每个男孩都会指着我喊道:"皇帝的情妇!"

**罗德里戈**：您怎么回事……

　　噪音和尖叫声越来越近。

**克拉拉**：您知道吗,今天有一个男人对我喊道:"这是一个妓女!"

**罗德里戈**：看他谁还敢?

**克拉拉**：谁还敢? 谁敢让我成为妓女? 谁呢?

**罗德里戈**：克拉拉! 您疯了!

**克拉拉**：回答我,皇帝,谁让我成为妓女的?

**罗德里戈**：算了吧,克拉拉,您今天不舒服。我走了,我得走了。

　　敲门。尖叫声:"开门,打开门!"

**克拉拉**：是时候了? 是的,是时候了! 您听到了吗? 是时候了,我的皇帝! 时机已到。

　　震耳的敲门声;叫喊声。

**罗德里戈**：发生了什么?

　　叫喊声:"打开门! 强盗在这里,别放跑他!"

**克拉拉**：这是为您而来,皇帝陛下! 是时候了!

叫喊声:"打破门!阿隆索在这里!别让他跑了!"

**罗德里戈**:这是什么?这是什么?
**克拉拉**:啊!您害怕了,皇帝陛下?陛下,这是来杀您的。

叫喊声:"阿隆索!阿隆索在这里!打破门!"

**罗德里戈**:我的天啊!他们认为阿隆索·恩里克斯在这里。我不想让他们发现我在您这里。
**克拉拉**:皇帝坐在妓女旁边是不是很不体面?
**罗德里戈**:您这里的第二个出口在哪里?
**克拉拉**:在这里,我的皇帝陛下,在这里!(带领他走过屏风。)

阿隆索挡住了路。

**罗德里戈**:你是谁?
**克拉拉**:这是您的朋友,我的皇帝。
**阿隆索**:我是阿隆索·恩里克斯。您很熟悉这个名字是吧,堂·罗德里戈?我听见了您关于权力的观点,您说得很好。
**罗德里戈**:反了你们!
**克拉拉**:是的,我背叛了您。我欺骗了您。我害了您,罗德里戈。我引来了那些在门外大喊大叫的人。我私藏了阿隆索。
**罗德里戈**:克拉拉,为什么?
**克拉拉**:为了您的好事,公爵大人。为了让您不小瞧我。谢谢您,我的皇帝!

叫喊声。门濒临破裂。

**罗德里戈**（冷静地）：你这个娼妇!

**克拉拉**：娼妇? 妓女? 妓女也能夺走您的生命!

**阿隆索**：克拉拉，够了!

**克拉拉**：我的阿隆索!（冲向他）罗德里戈，这是我的公爵，我的皇帝。

**罗德里戈**：你这个妓女!

**克拉拉**：到这里!（奔向门口）

**阿隆索**：等等，克拉拉! 堂·罗德里戈，您的游戏失败了。您想推翻菲利普并坐在他的位置……

**克拉拉**：而坐下来的是他……阿隆索将成为公爵。

**阿隆索**：克拉拉……

门濒临破裂。叫喊声。

**阿隆索**：您听到了吗? 一会儿他们就会来这里。他们会杀了您。但阿隆索·恩里克斯不允许杀死手无寸铁的人。堂·罗德里戈，拔剑吧，我们将一对一。

**罗德里戈**：不! 费布列罗侯爵从不与强盗拔刀相向!

**克拉拉**：杀了他!

**阿隆索**：最后一次! 请您拔剑!

**罗德里戈**：不!

**克拉拉**：杀了他！

**阿隆索**：开门！

  克拉拉打开门。现场充满了人。

**罗德里戈**（悄悄走进角落）：命悬一线！到宝座前只差一小时！

**来自人群中的一位女士**：他在这里！在这里！

  人群咆哮。

**人群**：我们的统治者！我们来追随你了！啊，永垂不朽的！做我们的公爵吧！捶打我们吧！燃烧我们吧！我们崇拜您。

**人群**：杀死他！杀死他！（*冲向罗德里戈*）

  阿隆索站在他面前。

**阿隆索**：住手！你们忘记了吗，不要杀戮。

**人群**：杀死他！打他！杀他！

**克拉拉**：杀了他！

**阿隆索**：我发誓，在我活着的时候，手无寸铁的人不会被杀死！堂·罗德里戈，再说一次：一个石匠在召唤您呢！

**克拉拉**：我的王子！

  罗德里戈平静地拿出他的剑并在膝盖上折断它。

**人群**：杀他！让他死！杀他！让他死！

**阿隆索**：你先杀了我。

**一个女人**：有什么可看的？杀呀！

**人群**：杀！杀！

**克拉拉**：阿隆索！看吧。他们会杀了你。你将失去对人群的权力。杀了他！

  　　人群咆哮。

**罗德里戈**：好吧，石匠，你好像发过誓，你不再杀无助的？你在怀疑吗？

**人群**：去死吧！去死吧！（拥来）

**阿隆索**：记住我们的呐喊——"除了荣誉法则之外没有任何法律！"请离开。

**罗德里戈**：荣誉？难道小偷还有荣誉？

**克拉拉**：我的王子，下决心吧！

  　　人群咆哮。

**罗德里戈**：你听妓女的吧，小偷！

**阿隆索**：打吧！

**罗德里戈**：石匠！

  　　人群推翻了罗德里戈。

落幕。

第五次间歇。

左右场景同时打开。天黑了。手电筒。成群的人来回奔跑。尖叫和嚎叫。

**人群**：打倒它吧！去死吧！打倒它吧！先生！没有法律！让公爵去死吧！先生！去死吧！打倒它吧！乌拉！乌拉！打倒它吧！乌拉！

两个场景中的人群在汇合，聚集，散开。
在左边，幕后大喊："阿隆索！阿隆索！"尖叫声传遍了整个人群。

**人群**：阿隆索，阿隆索·恩里克斯万岁！我们的领袖！阿隆索万岁，阿隆索！我们的领事！领事！领事！

人群把阿隆索抬到手臂上。

**阿隆索**：朋友们！
**人群**：静静，静静！我们的领导人阿隆索·恩里克斯万岁！静静！阿隆索！静静！静静！静静！
**阿隆索**：朋友们！
**人群**：嘘……
**阿隆索**：朋友们！美好的一天来到了！
**人群**：万岁！万岁！阿隆索万岁！嘘！我们的领事！嘘！嘘！

**阿隆索**：暴君被推翻了!

**人群**：打倒它吧!打倒它吧!

**阿隆索**：我们最大的敌人——野兽罗德里戈——被杀!

**人群**：万岁!万岁!先生!嘘!阿隆索!嘘!

**阿隆索**：公爵被捕了!

**人群**：万岁!万岁!先生!嘘!阿隆索!嘘!

**阿隆索**：修达德在我们手中!

**人群**：万岁!万岁!先生!嘘!阿隆索!嘘!

**阿隆索**：听我说,自由的人民!我告诉你,我是阿隆索·恩里克斯,我向你们说。

**人群**：阿隆索!阿隆索!阿隆索!领事!嘘!阿隆索!

**阿隆索**：从今天起,将不再有主人和仆人,暴君和奴隶。

*人群沸腾。*

**阿隆索**：除了荣誉法之外,没有法律规定!

*人群咆哮。*

**阿隆索**：每个人都是他自己的公爵,没有任何力量凌驾于他之上。

**人群**：阿隆索!我们的执政官!执政官!执政官!执政官!

**阿隆索**：不需要执政官。不要成为领导者。我们之上没有领导者!

**人群**：打倒执政官!不需要执政官!阿隆索万岁!执政官!执政官!

**阿隆索**：朋友们!把所有属于暴君的东西都拿走。这是你们的。

人群咆哮。

**阿隆索**：但是不要杀戮！血腥够了！逮捕，但不要杀人。带走，但不要抢劫。

人群沉默。

**阿隆索**：让荣誉的法则成为你们唯一的法律。不要偷盗或杀戮。
**人群**：去死吧！杀！去死吧！
**阿隆索**：朋友们！早上即将到来。我们赢了这场战斗。各回各家。

人群抱怨着。

**阿隆索**：我，阿隆索·恩里克斯，作为你们的第一任执政官，命令你们！
**人群**：我们不要！阿隆索！打倒阿隆索！不需要执政官！阿隆索万岁！阿隆索！执政官！打倒领事！

杂音越来越大。

**阿隆索**：朋友们！
**人群**：静一静！静一静！阿隆索！不需要执政官！不需要法律！打倒它吧！打倒它吧！
**阿隆索**：朋友们！就按你们的方式。今晚是一个快活之夜！去打开所有的酒窖。大家都到街上去！让大家都开心起来！

**人群**：万岁，万岁！阿隆索执政官万岁！我们的执政官！公爵！我们的公爵！喝吧！死吧！杀啊！喝吧！阿隆索！执政官！阿隆索万岁！喝吧！没有法律！去公爵酒窖！死吧！杀吧！葡萄酒！没有法律！

人群奔跑，载着阿隆索。
落幕。

## 第五幕
### 第六场

王座室。法比奥、奥图诺、卡斯塔诺跑进来。

**卡斯塔诺**：阿隆索在哪里？

**法比奥**：发生什么了？

**卡斯塔诺**：一个魔鬼知道街上发生了什么！人群放火烧了罗德里戈的家，正在活活地用火烤他的孩子们。

**法比奥**：我的天啊！

**卡斯塔诺**：我试图说服他们——这是干什么！孩子们在屋里尖叫，他们却在笑。

**法比奥**：整个城市都在燃烧！

**卡斯塔诺**：整个城市都喝醉了。

**吉恩斯**（跑进）：阿隆索！

**众人**：怎么了？怎么了？

**吉恩斯**：我对他们无能为力！都在抢宝库！

**奥图诺**：怎么办呢？法律没有了！

**法比奥**：除了荣誉法则！

**奥图诺**（嘲弄地说）：除了荣誉法则！

**吉恩斯**：到处都是杀戮、尖叫、哭泣！在街头，女人被强奸！

**奥图诺**：荣誉法则！

**法比奥**：我们尽了我们所能！

**吉恩斯**：阿隆索在哪里？

**奥图诺**：阿隆索是个叛徒！

**法比奥**：奥图诺！

**奥图诺**：一切都归咎于谁呢？谁先破坏了誓言？阿隆索！不要杀人，不要流血！是谁杀死了罗德里戈？没有领导者！谁成了领事？阿隆索是一个叛徒。是他首先违反荣誉法则的。

**法比奥**：他在哪里？

**奥图诺**：你要求人民什么呢？如果人民的领导者是一个恶棍！

**卡斯塔诺**：阿隆索在哪里？

**奥图诺**：阿隆索——一个伪君子！我还说过，我是第一个接受他的。你们怀疑过。我却相信了。傻瓜！我以为他是个老实人。荣誉法则。一天还没有过——我们的誓言剩下了什么？

**吉恩斯**：阿隆索在哪里？

**阿隆索**（进入。他穿着天鹅绒夹克）：怎么回事？

所有人都冲向他，除了奥图诺。

**法比奥**：阿隆索！这个城市正在燃烧！

**吉恩斯**：到处是掠夺！

**卡斯塔诺**：所有人都喝醉了！

**法比奥**：暴力！

**卡斯塔诺**：杀戮！

**吉恩斯**：财政遭到掠夺！

**法比奥**：血海！

**阿隆索**：挺好啊！

**法比奥**：什么挺好啊？

**阿隆索**：我真佩服你们。真棒啊，我的朋友们！（面向他们）你们为什么跑来这里？为什么？怎么，我是瞎子还是聋子，我没有看到火灾，也没听到尖叫声吗？当你们在街上站岗的时候，你们做了些什么？在人群中，在火中，在枪杀现场，而你们现在做什么呢？像婴儿一样聚在保姆跟前，抓着她的裙子。走开！到街上去！熄灭火灾，阻止抢劫，拯救手无寸铁的人们！看看起义发生了什么。血，血和血！谁之过呢？你们！是你们开始叛乱的，现在开始放弃了！

盗贼们皱着眉。

**阿隆索**：好啦！你们杵在这儿干什么？
**吉恩斯**：我们不是最先杀戮的！
**卡斯塔诺**：我们是无辜的。
**法比奥**：我们整个昼夜都在街上。
**吉恩斯**：我们累了。
**阿隆索**：你们累了？谁敢在这一天说疲劳呢？出去，混账，去到街头！你们向我发过誓！是吧！

　　*所有人都纷纷离去。奥图诺独自一人留下。*

**阿隆索**：你在这儿干什么？
**奥图诺**：我不去。
**阿隆索**：这是为什么？
**奥图诺**：我不去参加有损名誉的事！
**阿隆索**：去吧！
**奥图诺**：不去。
**阿隆索**：你发过誓要服从我！
**奥图诺**：谁发誓说不要谋杀，谁杀了罗德里戈？
**阿隆索**：是你们杀的！
**奥图诺**：一个谎言！你该受到责备！就你一个人！是你侮辱了荣誉法则。
**阿隆索**：你在瞎说。
**奥图诺**：我们整夜整天都在街上跑，而你却在宫殿里溜达，还挑选了衣服。你是一个恶棍！

**阿隆索**：奥图诺！

**奥图诺**：哈辛塔在哪里？

**阿隆索**：我怎么知道？

**奥图诺**：别装了！哈辛塔离家出走了。她去找你了。她在这里！是吧？是吧？

**阿隆索**：如果是这样呢？

**奥图诺**：如果是这样，那我会告诉你，你是一个小偷、强盗和恶棍。你是一个不诚实的人，是穿着天鹅绒夹克的领事！在你执政的第一天，城市在燃烧，人民在灭亡，你在羞辱朋友的妻子……你是一个小偷，一个执政官！

**阿隆索**：说下去。

**奥图诺**：接着，就是这样（*露出一把剑*）。她就在这里，你回答我！你瞧着！

*阿隆索笑着。*

你瞧着！

**阿隆索**：执政官是不会与恶棍拔刀相向的。

**奥图诺**：你跟强盗打架感到无耻吗？石匠！看招吧，或者我会像猫一样刺穿你。

**阿隆索**：唉，往这儿来！

*士兵们跑进来。*

**阿隆索**：解除混账的武装！他在侵犯执政官的生命！

士兵们扑向奥托诺。

**奥图诺**：等等，走狗们，如果你们的出路……

彼此在战斗。士兵在解除奥图诺的武装。

**奥图诺**：哈辛塔！
**阿隆索**：唉！把他带到地下室！
**奥图诺**：哼！恶棍！

他被带走。

**阿隆索**（一人）：只有我没有足够的能力与暴徒斗争！乌合之众！阿隆索，难道你不也是同样的蠢货吗？现在谁还会把你当作石匠？我看起来像最纯血的王子！城市的首席执政官，阿隆索·恩里克斯！我发誓说不会有领导者！但当人民……我怎么能回绝呢……他们会杀了我。无论如何，这只是一段时间。我会放弃权力。即便现在也没有权力，我只是口头上的执政官。没有法律也永远不会有。（步行。在翻倒的宝座前停下来）昨天，当我们闯入宫殿时，菲利普扑到这个宝座前。他以为王位会拯救他。我们连同宝座推翻了他。可你们沉默不语，祖先们，现在也是沉默的。嗯，是的，你们不在乎。你们在宝座上度过了自己的时间。就让别人去坐吧……我在说什么？另一个别人？再不会有其他人坐在宝座上的！就让它被翻倒吧。（停顿）唉，祖先们，公爵们。你想让我踩到你们的宝座吗？石匠将要踩上去。你想让我坐在你们的宝座上吗？（举起宝座）有一次，我在上面坐过，什么都没……没有被雷劈死。（坐下）坐在宝座上真好。只要我想，我可以一辈子都坐在这里。（笑着）嗯，我想，成为公爵。随心所欲，做好事或坏事。让乞丐成为伯爵夫人，伯爵夫人成为乞丐。成为凌驾于法律之人。你可以做这么多善事和邪恶。走在街上，看看每个人如何向你转身。如果想的话……谁会干涉我呢？难道是你们，祖先吗？还是人民呢？人民是羊群。他们应该在笼子里。我是个驯兽师。野兽的驯服者。可怕，但成为驯兽师是件好事。（打断自己）我在说什么……我好像在哪儿听过这个……谁说的呢？我不记得了……（跳下宝座）我的天啊！罗德里戈的话！罗德里戈这么说过！好吧，那又怎样？我害怕什么？（再次坐下）罗德里戈是一个伟人！他也想成为不受法律约束的人。为此，他献出了生命。

**卡斯塔诺**（跑进）：阿隆索！（停下来）阿隆索！是你在王位上？

**阿隆索**：哎，该死的！（起身）

**卡斯塔诺**：是谁抬起的王位？

**阿隆索**：这有关系吗？发生了什么事？

**卡斯塔诺**：王位被推翻了！

**阿隆索**：你盯着宝座干什么！发生什么事了？

**卡斯塔诺**：人群抓住了堂·帕布罗，想杀掉他。

**阿隆索**：帕布罗？

**卡斯塔诺**：我好不容易救下他。我说帕布罗是我们的人，他帮助了我们，但他们不听我的，勉强同意将他带进监狱。

**阿隆索**：他在哪里？

**卡斯塔诺**：他坐在塔里，他们看着他。

**阿隆索**：我完全忘记了帕布罗……伊奈莎在哪里？

**卡斯塔诺**：她就在这儿，宫殿里，我们藏起了她。

**阿隆索**：马上带上队伍，前去救帕布罗……不，等等。伊奈莎……我忘记了她。伊奈莎……先把伊奈莎带到我这儿来。

**卡斯塔诺**：遵命，亲爱的公爵。

**阿隆索**：你疯了吗？

**卡斯塔诺**：那还怎么称呼金色宝座上穿着天鹅绒夹克的您呢？

**阿隆索**：傻瓜。别人怎么跟你说的，你就怎么做吧！

**卡斯塔诺**（离开，自言自语）：你成了最快执行指令的人。昨天说的还是另一种声音。（退出）

**阿隆索**：事实上，这变得让人无法忍受。我开始扮演真正的公爵了。我自己都不认识自己了。我一整天都没笑过……但是伊奈莎……伊奈莎是个美人！罗德里戈公爵会和这个伊奈莎结婚的……不，我们需要离开这个房子……这里的每个角落都充满权力的气息，王座从每个角落里往外看着。走开，走开！再多一点的话，我就会窒息在这里。

*伊奈莎进来。*

**伊奈莎**（跪倒）：可怜可怜我吧……

**阿隆索**：公主！怎么跪着？在我面前？

**伊奈莎**：可怜可怜我吧。

**阿隆索**：我怎么您了？

**伊奈莎**：不要杀了我！

**阿隆索**：我？杀您？

**伊奈莎**：不要杀戮！

**阿隆索**：伊奈莎，亲爱的，站起来。（把她扶起来。向旁边）您多好啊！

**伊奈莎**：堂·阿隆索，我会去修道院的。只是不要杀了我。

**阿隆索**：您这是哪来的想法？

**伊奈莎**：父亲被抓住，被绑，被带走……我不知道他发生了什么。我被扔进壁橱……突然卡斯塔诺……说帕布罗被捕了。是您命令把我带到这儿的……别杀我啊，堂·阿隆索。

**阿隆索**：亲爱的，不要害怕。我不会碰您。我发誓。

**伊奈莎**：哦，您真好！（跪倒在地）

**阿隆索**：您怎么回事？站起来，冷静下来！（扶起她）

**伊奈莎**（紧紧抓住他）：帕布罗也会活下去吗？是吗？

**阿隆索**：是的！是的！

**伊奈莎**：那父亲呢？父亲在哪里？

**阿隆索**：他还活着。

**伊奈莎**：他们在哪儿？

**阿隆索**：他们很安全。我把他们从人群中藏了起来。

**伊奈莎**：我怎么谢您啊！我想……帕布罗总跟我说您是最高尚的人，最诚实的人。

**阿隆索**：伊奈莎。听着……不，没什么……伊奈莎！你真的喜欢帕布罗吗?

**伊奈莎**：哦，堂·阿隆索！

**阿隆索**：我担心……

**伊奈莎**：什么？什么？告诉我……别隐瞒……

**阿隆索**：我担心您不得不推迟你们的婚礼。我现在不能释放帕布罗。他会被杀死。我们必须等待。

**伊奈莎**：我可以等。我会等的。只是不要杀了他。我不会嫁给他。只是让我们活着。而父亲……

**阿隆索**：您和他不得不很长一段时间不见面了。

**伊奈莎**：哪怕是一生。只是不要杀……不要杀帕布罗……而父亲也……

**阿隆索**：哦，我的甜蜜！您怎么在发抖！什么也不要怕。帕布罗会没事的。就今天……还有一场婚礼。我向您保证。

**伊奈莎**：哦，堂·阿隆索！（在他肩膀上哭泣。）

**阿隆索**：亲爱的，您在哭什么？放松一些。过来（吻她的头）我带您去这个房间。您会安全的。过一个小时，帕布罗就和您在一起了。（把她带到隔壁房间。返回）她多好啊！多么单纯！我还想欺骗她。背叛朋友！卡斯塔诺！卡斯塔诺！他去哪儿了？必须尽快把帕布罗带来。卡斯塔诺！这可真是该死的宝座。这里的空气也在毒害着我。我跑吧——可往哪跑呢？（他走到窗前）整个城市都在火上浇油。而这都是因我而起的。为什么呢？为了使这一切都像我一样——置于法律之外！当我一个人置于法律之外，独自一人被追杀时，我感到了幸福。可看到处都是敌人时，我却没有地方可以跑了。而且现在就无处可去。现在一切都是非法的。现在，一切都是一般的衡量，都处在一般的法律中。而我不再处于法律之外。超越法律成了法律。于是我就成了这项法律的奴隶。但我可以再次违反任何法律。我可以。我会凌驾于法律之上。我会给民众法律。我会自由而快乐的。我可以。我会这么做的……那样我将是一个不诚实的人……正是我发过誓，不会有公爵……难道我遵守了所有的誓言？我发誓不会有血和抢劫……我不想考虑这些……"石匠！"——他在死前向我喊道。我会做给他看，我是一个什么样石匠。我会做他想做的事，我会改善修达德的，我会使它光荣的，但我做这一切都是在没有法律的情况下。（笑）没有法律！没有法律就会是这样的：火灾、杀戮和血腥。永远都如此。是的，我会用鲜血和暴力来荣耀修达德的。好吧，让他们愤怒去吧。我顾不上他们了。我洗洗手。就绕开了。是的，现在很容易说"绕开"，是谁点燃的火？这有关系吗？卡斯塔诺！来吧，卡斯塔诺！然而，我能做多少。我可以拯救人民。克拉拉告诉我的。克拉拉……必须去找她。伊奈莎……多啊好……幸福的帕布罗……卡斯塔诺……卡斯塔诺！（*默默地穿过大厅。停下来*）我将成为公爵。我将再次不受法律约束，我将实施法律。我会让人们对公平的法律感到满意，我的名字也将被歌颂。愚蠢和笑话，足够了。从现在开始，我不再有笑声了。我是公爵。（*来到窗口*）叫吧，叫吧，抢劫吧，烧吧，杀吧！太自由地跑来跑去了。明天早上我就会手拿鞭子去到广场。（*他离开窗户，想要离开，停下来*）卡斯塔诺！他在哪里，一个懒鬼？卡斯塔诺！

**卡斯塔诺**（*进入*）：您想要什么？

**阿隆索**：你去哪儿了，你这个混蛋？我喊了你一百次。听着，你把帕布罗带到塔楼去。放上最忠诚的岗哨。你对此要用脑袋负责。在任何情况下都不要让伊奈莎去找他。

**卡斯塔诺**：但……

**阿隆索**：没有可商量的！接下来。你认识我的妻子吗？

**卡斯塔诺**：当然！她在宫殿入口处等你等不到。放她来吗？

**阿隆索**：笨蛋！今天夜里就让她消失吧。

**卡斯塔诺**：我不明白。

**阿隆索**：杀了她！

**卡斯塔诺**：阿隆索！

**阿隆索**：什么？

**卡斯塔诺**：杀人？一个女人？

**阿隆索**：我似乎跟你说得很清楚了。去吧！

**卡斯塔诺**：永远不！

**阿隆索**：什么？你发过誓要效忠于我。除了荣誉法律之外，没有其他法律规定！你的荣誉在哪里？去吧！

卡斯塔诺离开。

**阿隆索**：傻瓜！他还是在履行自己的誓言。对我来说，没有更多的荣誉法则。都是动物法则。有过法律，现在没有法律，但会有法律的。（退出）

落幕。

## 第六幕

左侧和右侧场景同时出现。

醉酒的人群在喊叫和歌唱。

街道。人群疲惫不堪,意见产生着分歧。

在两边,乔装后的堂·冈萨洛和堂·贝尼格诺,四处张望。

**冈萨洛**:堂·贝尼格诺!

**贝尼格诺**:嘘!我不再是贝尼格诺,堂·冈萨洛。

**冈萨洛**:嘘!我不再是冈萨洛,堂·贝尼格诺。

**贝尼格诺**:那您是谁?

**冈萨洛**:我是鞋匠胡安,绰号暴徒①。您呢,堂·贝尼格诺?

**贝尼格诺**:我是科洛季尔多,一个绰号为要命②的裁缝。

**冈萨洛**:我的天啊!

**贝尼格诺**:我们都活成怎样了!

**冈萨洛**:一年四季了!

---

① 俄文为 Головорез。
② 俄文为 Сорви-голова。

贝尼格诺：唉！

冈萨洛：唉！

贝尼格诺：您听到了最新消息吗？

冈萨洛：嗯，嗯！

贝尼格诺：阿尔瓦罗，阿拉贡斯基公爵正往这里赶来，有三万人。

冈萨洛：不可能。

贝尼格诺：我看到了可担保的人，而此人也看到了可担保的人。

冈萨洛：也就是三万……

贝尼格诺：五万……

冈萨洛：你刚才还说是三万……

贝尼格诺：我说了三万吗？好吧，那我说的只是步兵。而那里还有骑兵呢。简而言之，抱歉，堂·冈萨洛。在这里好像还抓不到我们的。

冈萨洛：堂·贝尼格诺。堂·贝尼格诺。怎么样了？他在哪里？堂·贝尼格诺！（他们离开）


落幕。


右侧场景。

另一条街。堂·卡洛斯和堂·纳西索。


卡洛斯：我说你们都是懦夫，你们换装，躲藏着。你们这是躲谁啊？躲所有的混蛋。感到羞耻吧！还贵族呢。

纳西索：堂·卡洛斯，可您为什么要亲自来假面舞会？

**卡洛斯**：我，一个人去反对所有人吗？如果大家都是，那我就拥护所有人。

冈萨洛进来。

**冈萨洛**：新闻！新闻！
**纳西索**：说说！
**冈萨洛**：阿尔瓦罗公爵正往这里来，带着十万军队，不包括骑兵。
**纳西索**：您大概知道？
**冈萨洛**：堂·贝尼格诺亲眼看到了他们。
**卡洛斯**：他们说英国舰队已出海。
**冈萨洛**：为了什么？
**卡洛斯**：为了什么？当然是为了让空降兵登陆来对抗反叛分子。
**冈萨洛**：可这里没有海。
**卡洛斯**：堂·冈萨洛，您是什么意思？我在说谎吗？
**纳西索**：绅士们！停下来吧。来吧。终于要完事了。感谢上帝！阿隆索的日子结束了。他将会在灯笼上吹牛！
**卡洛斯**：当他们抓住他时，我会先用剑刺穿他。

离开。

落幕。

## 第七幕

*宫殿的侧房。夜晚。克拉拉。钟敲十点。*

**克拉拉**：十点钟……昨天这个时候……正如我预测的那样，一切都在争夺。可是阿隆索一直不在。我们伟大的领事在哪里？什么？他还是在说漂亮话？昨天十点钟，他向我发誓说不会再有领袖了，十一点他就成了执政官。十点钟他说不会再有杀戮了，十一点他就沿血腥的水坑走过。他现在是怎么想的？嗯，是的，我并不是在怀疑他。他太聪明了，不至于只是在大肆宣扬荣誉法则。明天我就是公爵夫人。他们昨天在全城各地搜查我，为了杀我，阿隆索把我藏在这儿，宫殿里。他们恨我——暴君的妻妾，可明天他们会把我当作公爵夫人。并且会保持沉默。畜生！

**阿隆索**（*在门口*）：克拉拉！

**克拉拉**：我的执政官！

**阿隆索**：不，我不再是执政官了。我是公爵，克拉拉！

**克拉拉**（*胜利地*）：啊！我早说过了！

**阿隆索**：野兽需要驯服者，我要成为驯服者。如果不是我，其他人就会来，最坏的人，无论如何都会来。所以，最好由我做个公爵。我会拯救人民。

**克拉拉**（*旁边*）：我赢了！

**阿隆索**：我是一名石匠，我会拯救他们！

**克拉拉**：并非如此。你是王子，阿隆索。记住，我第一眼就跟你说了，你是一个王子。

**阿隆索**：让他们不要说，我是一个不值得尊敬的人。我是不受法律约束的。公爵必须凌驾于法律之上。公爵不应该有荣誉。但我……我会……我将……为了人民的利益而做。我不像以往的公爵。现在，我的老朋友向我大喊，说我是一个不值得尊敬的恶棍！恶棍——公爵！

**克拉拉**（*往一旁*）：那妓女就是公爵夫人！

**阿隆索**：但我是为了人民的利益。是吧？是吧？

**克拉拉**：冷静！

**阿隆索**：我很平静，绝对平静。我知道我打破了誓言。但我别无他法。我不能。

**克拉拉**：当然。

**阿隆索**：我杀了一个朋友，我杀了我的妻子，但我别无他法。

**克拉拉**：你杀了你的妻子？

**阿隆索**：是的，杀了。我不后悔。这个女人困扰过我。如果一个女人干涉整个国家的救赎怎么办？我一生都在开玩笑挣脱着她，但现在笑话的时代已经过去。我不会再笑了。公爵不应该笑。哦，克拉拉！现在我自由了。我将成为国王。我不再是一个石匠了。我是公爵，我是国王。我要与权力之家结亲。我要娶伊奈莎。

**克拉拉**：啊！

**阿隆索**：谁要让我想起我是一名石匠，他就会遭殃。

**克拉拉**（向旁边）：谁让我想起我是妻妾的人，他就要遭殃。（大声）我的国王，那我该怎么办？

**阿隆索**：跟你吗？是的，对。跟你会怎么样呢？克拉拉，我爱你！

**克拉拉**：我该怎么办呢？

**阿隆索**：你？你？你需要什么？可我爱你。皇帝爱你。

**克拉拉**（笑）："皇帝爱你！"我已经被几位未来的皇帝所爱过。是的，你是对的：我还需要什么。

**阿隆索**：哦，克拉拉！（想拥抱她）

**克拉拉**：等等，等等。你确实想过娶我。

**阿隆索**：娶你？克拉拉……毕竟这是……这是……

**克拉拉**：这会破坏你的所有计划吗？是的，对。我的皇帝。（走近桌子，在其上寻找什么。）

**阿隆索**：怎么称呼你的名字呢？该如何称呼你，真的很重要。我爱你，可这是小伊奈莎……她将是这样的……皇后，为了装饰。（动情地说）我将成为整个地球上的皇帝。我永远不会忘记你。教皇为我加冕……教皇……卡尔大帝那里……哈哈……（笑）

**克拉拉**：阿隆索！你在笑。皇帝不应该笑。罗德里戈从未笑过。记得谁说过这些话，你的话？你还记得吗？

**阿隆索**：这些话？

**克拉拉**：罗德里戈说过的。

**阿隆索**：罗德里戈是对的。

**克拉拉**：我的王子！（向他伸出双手，阿隆索拥抱她）我的最爱！还记得，昨天……此时罗德里戈想拥抱我吗？

**阿隆索**：你怎么总是想起罗德里戈？

**克拉拉**：他不想娶我。可他今天本可以成为公爵。

**阿隆索**：他为此却死了。

**克拉拉**（用匕首刺向他的胸膛）：您也为此而死吧！

**阿隆索**：哦！（倒地）

**克拉拉**：怎么，我的公爵，我的国王，我的皇帝？您现在同意让我成为自己的妻子吗？像狗一样死去吧。狗确实存在。我以为您是王子，而您就是个石匠！

**阿隆索**：哦！

**克拉拉**：你想不受法律约束。你就依法去死吧！（再次刺向他）

落幕。

全剧终。

# 伯特兰·德·伯恩

这是一部关于中世纪传奇诗人生活的戏剧,一部但丁·阿利盖利在自己的时代自己的"喜剧"中栩栩如生地向世人讲述的戏剧。

五幕悲剧

谁听不到时间,谁就是疯子!

| 剧中人: |

亨利:英格兰王位继承人,父亲在世时继位。中等身材,黑发,法国人长相。全神贯注时讲话语速很快,有些神经质。

理查德:普瓦图伯爵,亨利的弟弟,有"狮心王"之称。身材魁梧,浅色头发(近似红色)的诺曼人。沉默寡言,讲话语气激烈并平稳。

玛蒂尔达:亨利的妻子。

亨利二世王宫中的普罗旺斯吟游诗人们:

伯特兰·德·波恩

拉伊蒙

马特弗莱

乌克

迈洛利

佩雷拉

兰姆波

法尔克特

普瓦图的男爵们：

阿德玛

埃梅里克

伯恩格尔

罗杰

帕皮奥尔：伯特兰的吟游诗人

雷金纳德：理查德的侍从

玛蒂尔达的侍女：

爱洛伊莎

蒂博尔

仆人

故事发生的时间：十二世纪八十年代。前三幕剧发生在亚精顿①英格兰国王亨利二世行宫。后两幕发生在普瓦图和昂如边界的克莱沃城堡。

---

① 法国地名。

吉罗·德·博尔内尔的黎明曲（第三幕）和伯特兰的诗歌（第二幕）是叶丽扎维塔·波隆斯卡娅①的意译。

第一幕和第五幕剧中歌曲由尼古拉·吉洪诺夫②创作。

## 第一幕

### 第一场

皇宫的大厅。众诗人们。理查德、伯特兰和雷金纳德入场。

**理查德**：你们好！

**众诗人们**：如此愉悦！（武器发出哗啦哗啦的声响）

**理查德**：我高兴看见你们，诗人们！

　　战争结束了，

　　我不介意听一听你们的歌曲……

众诗人纷纷拥向理查德；理查德嫌恶地躲开。

**理查德**：退后！伯特兰，随我来。（穿过舞台）

---

① "谢拉皮翁兄弟"团队女诗人。
② "谢拉皮翁兄弟"团队成员之一。

众诗人急忙跟随他。

**伯特兰**(一人)：自由的歌手们！

普罗旺斯的领主们！

像奴隶那样跪舔主人的脚……

"伯特兰，随我来！"

像对待撒拉森人①的奴隶，

他用言语扇我的耳光。

我才不去！(走到舞台前部。帷幕在他们身后落下)

在亚精顿啊，我再次成为奴隶！

我成为俘虏！我的城堡被占领，

我的领地被焚烧——我才不去！

亨利跑步入场。

**亨利**：伯特兰，我的朋友，我的好兄弟！

我到处找你……亲爱的，

让我抱一下……多么漫长的两年……

棋盘还留着和等着你：

残局还在——我保留着它，

今天就了结这盘棋？……

你还记得吗？那次在村子里，

---

① 撒拉森人，在 11 世纪指的是居住在北非西亚地区的穆斯林，阿拉伯人或东方人。

我和你一起，伪装成农民，

啊哈！哈哈！那时有多么棒！

可你，伯特兰，怎么不开心，愁眉苦脸？

**伯特兰**：面对背叛我的人，我无法开心！

**亨利**：亲爱的，为什么？

**伯特兰**：听着，亨利，我等了你两年，

为了和你相见，

像兄弟一样，不是在这里！

在那儿，在佩里戈尔，在昂如，在战场上！

**亨利**：你要明白……

**伯特兰**：不，你要明白。是我发动了起义，

为了驱逐理查德，

并把整个奥弗涅献给你。

你发过誓要助我一臂之力。

我等了你整整两年……

我的城堡被占领，我的森林被焚烧，

男爵们有的被杀，有的被俘虏，

有的做了叛徒，

理查德不仅仅击溃了我们

——还有你！

**亨利**：打败了我？……

**伯特兰**：是的！他是你的弟弟，但他是个英雄！

他是世界第一骑士……

受宠的儿子……

　　　　普瓦图的总督……

　　　　基督徒的希望和基督徒的恐惧!

　　　　而你,英国王冠的继承人,

　　　　你只会下棋,只会放鹰打猎,

　　　　只会听甜腻腻的抒情曲!

**亨利**:你撒谎……你撒谎……

　　　　我比理查德好……

　　　　我讨厌理查德……

　　　　我是哥哥……

　　　　父亲终将死去……

**伯特兰**:你且等着吧!

　　　　老爷子生命力顽强得就像鹦鹉。

　　　　你记住我的话,他会比你活得还要久!

**亨利**:那可怎么办,我杀了他?

　　　　他可是我的父亲……

**伯特兰**:布列塔尼,他给了杰弗里,

　　　　南方——给了理查德。

　　　　而你为什么没有土地?

**亨利**:他要为我加冕国王。

**伯特兰**:没有国土的国王!

**亨利**:我两次与弟弟兵戎相见。

　　　　父亲企求我,他老了,哭着说:

　　　　"和好吧!"

　　　　他的孩子们是为什么啊?……

**伯特兰**：因为他狡猾得像一百个伦巴第人！

  得了吧，亨利，别想着儿子的什么责任，

  什么基督徒的美德和乞求。

  愚蠢！妇人之见！

**亨利**：放过我吧……我不能……

**伯特兰**：那朋友你能抛弃吗？亨利！

  来我这儿吧。

  在佩里戈尔城，这里战火未熄，

  为了荣耀，

  我们再度燃起烽烟吧！

**亨利**：不！不要折磨我，伯特兰！（逃走）

**伯特兰**（独自一人）：

  谁喜欢挥霍自己的时间

  去娱乐和打猎的人，

  他就不是国王，是弄臣……

  是个好人，但是太善良。

  我怎么让他再度挑战他的弟弟呢？

*静默。*

  奥特弗！我的城堡！

  以我父之名起誓，

  诵唱我最好的歌：

  当长剑在手，歌声响起，

吾将为你而战！

愿为你奉献一切：

爱情，荣誉，友情——

一切为了奥特弗！

它曾属于我，我的城堡将永远属于我。

无论何样代价！

我要离开！

奔向右方走去。迎面皇后玛蒂尔达带着两个侍女缓慢而庄严地走来。

**伯特兰**（高声道）：玛蒂尔达！（恭敬地鞠躬行礼）皇后殿下……
**玛蒂尔达**（向他伸出一只手以便行吻手礼）：很高兴见到你，子爵。（离场）
**伯特兰**：我要留下！（离场）

落幕。

## 第二场

帷幕升起。大厅。众诗人喝酒、喧闹。

**马特弗莱**：下流胚！（把酒杯扔向法尔克特。）

**法尔克特**：你看着啊，猪鼻子！

众诗人哄堂大笑。

**佩雷拉**：不，我也有话要说！喂，你们这些狗，听着！

**马特弗莱**：你给我闭嘴，佩雷拉！

**佩雷拉**：见鬼去吧你！

**拉伊蒙**：朋友们！安静。女王要来了。

众人放声大笑。

**迈洛利**：女……女……女王……请把女王献上。

我想为她唱

一首抒情诗。

只是不用言语，而是……！

众人哈哈大笑。

**佩雷拉**：哎，孩子们！肉豆蔻（酒）！再来一杯！

众人继续饮酒。兰姆波走进来。

**众诗人**：兰姆波！……兰姆波……过来啊……喝酒……

兰姆波！……喝酒，亲爱的……

**兰姆波**：稍等，朋友们！我刚从议会来。

**佩雷拉**：哦，哦，哦！他从议会来！那，决定什么了？

**兰姆波**：王子们停战了！

**众诗人**（清醒过来）：什么？什么？理查德？和亨利？

怎么？怎么回事？

**兰姆波**：他们互相亲吻了对方！

以神圣格里塞尔达之名发了誓。

**马特弗莱**：原来是这么回事！

**佩雷拉**：那以后就和平相处了？

**兰姆波**：就像比萨和热那亚！

**众诗人**：哈哈哈！

**佩雷拉**：唉，以后就无聊了！

**法尔克特**：别伤心，佩雷拉。他们的和平有裂隙，岌岌可危。

**拉伊蒙**：兰姆波！给我们说说吧。

**众人**：说说吧，说说吧！

**兰姆波**：最初一切都好。

王子们虎视眈眈，但不敢轻举妄动……

老国王欣慰地哈哈大笑……

**众人**：哈哈！

**兰姆波**：故事几乎就要这么结束。

然而，作孽啊，国王结识了伯特兰……

**佩雷拉**：伯特兰！

**法尔克特**：唉，我就知道！

**兰姆波**：国王就说："啊，伯特兰！"

你啊，伯特兰，这样或那样地，

说你是叛乱分子，

但我喜欢。

**马特弗莱**：他这个卑鄙的家伙！大家都喜欢他。

**佩雷拉**：混蛋！

**兰姆波**：伯特兰，当然也吟唱诗歌……

也是那种引起王子同室操戈的诗歌……

**拉伊蒙**：我就知道！

**法尔克特**：怎么样，他是一个出色的诗人吗？

**兰姆波**：废物！我都比他唱得好！

**佩雷拉**：得了吧，你太自负了。你倒试试……

**兰姆波**：比你好多了，蠢驴！

**拉伊蒙**：安静！

**众人**：说下去！说下去！

**兰姆波**：王子们拔剑相向，手足相残。

父亲终于不再放任了，他们对他……

**拉伊蒙**：对父亲怎么了？

**兰姆波**：你们或许听到了，他们斗啊，斗啊，

老国王甚至落泪了。

**众人**：哈哈！

**兰姆波**：唉，亨利，或许没忍住，

就请求原谅……

最终互相亲吻对方，握手言和……

**法尔克特**：那伯特兰呢？

**兰姆波**：他被愚弄了。国王驱逐了他，

并下令不允许他再次出现在他眼前。

**马特弗莱**：理应如此！

**法尔克特**：看他再敢颐指气使！

**佩雷拉**：落魄的子爵！

**兰姆波**：让他看不起我们！

**乌克**：哎呀，朋友们！让这些国家大事见鬼去吧！烦死了。

我想要吟唱一曲。

**拉伊蒙**：稍等，乌克，来得及。

**乌克**：我不想等。我前不久邂逅了一位农妇。

嗨，女……女人！

**马特弗莱**：亨利……是个窝囊废，我早都说过。

**佩雷拉**：那理查德比他好？去他的吧，你的理查德。

**马特弗莱**：理查德是个真正的统治者！

**佩雷拉**：亨利很宽厚！

**马特弗莱**：如果他是懦夫，那他宽厚对于我又有什么用呢！

**佩雷拉**：撒谎！（用杯中的酒泼向他）小狗！

**马特弗莱**：小偷！

**佩雷拉**：驴臀！

**马特弗莱**：让你的眼睛得麻风！

**佩雷拉**：一堆鸭屎……


伯特兰和帕皮奥尔入场。

**伯特兰**：欣赏一下吧，帕皮奥尔：

  骑士中的精英——普罗旺斯的先生们，

  像长癫的猪一样

  喝着泔水！小孩子！

  国王让我教给你

  吟游诗人的高雅艺术——

  学习吧：这就是诗人们。

**法尔克特**：啊，啊！伯特兰！

**众人**：伯特兰……伯特兰……来喝酒……

  来这儿……伯特兰……

**马特弗莱**：你是个好人，伯特兰，干杯。

**乌克**：干了吧，亲爱的，为了乔吉特！

  如果你见过她。多么丰腴的身材啊！

**佩雷拉**：伯特兰！我们整整两年未见了！……

**众人**：喝吧……喝吧。

**伯特兰**：谢谢，朋友们。但是我不想喝酒。

**法尔克特**：你不想？那你将怎么做吟诗人？

**马特弗莱**：他耻于和我们饮酒！

**乌克**：高高在上的子爵大人！

**兰姆波**：呵，废物。我们比他差在哪儿？

**乌克**：这些贵族老爷！

**法尔克特**：我的出身可比他显赫！

**乌克**：我是图卢兹伯爵的儿子……

**兰姆波**：败类！

**乌克**：你呢？你母亲和奴隶私通生的你……

**兰姆波**：你妈妈还是挤奶的呢！

**伯特兰**：你留心看，我的帕皮奥尔，

学习吧，学习吧。

这些人都曾是世袭的骑士，

享有封地和世袭的城堡。

奉献了一切：父辈的遗产，

自由，权力，荣誉，忠诚——

为了在王宫的厨房做仆人谋生，

为了尽情地喝酒，吃嫩嫩的野鸡，

在心安理得中使肚子变大！

**马特弗莱**：你，伯特兰，不要骄傲。还是干上一杯的好。

因为你的城堡啊——咻一下，完蛋了！

你现在也和我们大家都一样了。

**伯特兰**：这永远不可能！谁准你谈论我的城堡！

**法尔克特**：说呀！

**乌克**：他以为他是世界第一诗人！

我们都知道，我们当中谁是最厉害的。

**迈洛利**（清醒过来）：我们都知道！

*大家捧腹大笑。*

**众人**：迈洛利醒过来了……迈洛利醒过来了……

**伯特兰**：好吧，给我再来点酒吧。我开心极了。

**法尔克特**：就是就是。喝吧，亲爱的。

**迈洛利**（轻声地）：伯特兰·德·波恩！兄弟！

众人哈哈大笑。

**伯特兰**：啊，迈洛利！老朋友！嗨，最近过得怎么样？

**迈洛利**：精彩极了。

**伯特兰**：还是这么蠢么？

**迈洛利**：是这——这么蠢！

哄堂大笑。

**迈洛利**（慵困地）：给我唱一首吧，伯特兰……

**伯特兰**：你想听歌吗？好吧。

（坐到桌上，开始吟唱）

木头脑袋的诗人唱着——

森林和天空在战刀下吼着，

野猪发出悦耳之声。

兔子时而狮子般跳着，

那里它的肚子靠尘土贴着。

我们不以此为你感到光荣

美男子，迈洛利？

**迈洛利**：唱得好！哈哈！确实如此……

众人大笑。

**伯特兰**：可是在炙烤公羊的地方，

在那里他激情洋溢。

从栅栏，从捕兽夹，

他眨眼间一跳而跃。

不分享他就立刻吃掉

三个人可以吃的，

我们不以此为你感到光荣

美男子，迈洛利？

**迈洛利**：说得对！说得对！

众人大笑。

**伯特兰**：何为自由，荣誉，忠诚？

当他依靠别人

既能吃也能喝，

甚至比过三个人。

每次为了施舍，

背靠向大地——

我们不以此为你感到光荣

美男子，迈洛利？

**迈洛利**：谢谢，兄弟。这就是服务于人。

我将永不忘记。（爬起来亲了他一下）

众人大笑。

**伯特兰**：喝酒!

众人举杯和喊叫。

**伯特兰**：朋友们! 嘿，安静! 喝酒归喝酒，我找你们是为了公事。
**迈洛利**：为——为了公——公事? 找我们为——为了公——公事?
哈——哈!
**伯特兰**：帕皮奥尔! 过来，我的孩子。
朋友们! 国王今天把他赏给我，
让我教他学习我们的艺术。
我就把他带到这里。让他学习。
**众人**：哈哈! 让他学习……喝酒，
帕皮奥尔，先学喝酒! ……
**帕皮奥尔**：先生们! 请允许我……下次吧……
**伯特兰**：不，帕皮奥尔，就现在。
上哪儿你都很少能找到
如此光荣而美妙的一群诗人。
他们以完全雄伟的姿态在你面前。
学着点。（**喝酒**）
朋友们! 帕皮奥尔想知道，
为什么你们团聚。
**乌克**：玛蒂尔达!

**马特弗莱**：我们在等女王的到来！

**佩雷拉**：命令我们聚此为她歌唱。

**法尔克特**：玛蒂尔达，让她见鬼去吧！

**伯特兰**：玛蒂尔达！（把杯子摔在地上）

你听，帕皮奥尔！他们在等待

自己的女王。自己爱慕的人！

**迈洛利**：什么是爱慕的人?！有命令——我就唱。

**乌克**：我非常需要她！

**兰姆波**：我有一首短歌。我在阿方索时

为阿拉贡女王而准备。

我还没唱出就被驱逐。

我要唱这首歌。美妙的歌！

**佩雷拉**：那我也有一首歌！

我发誓你们会竖起耳朵听。

**兰姆波**：唱一下！

**伯特兰**：帕皮奥尔，你可别忘了，我的孩子：

"什么是爱慕的人?！"

有命令——就得唱。

要不他们就被驱逐到此，

被剥夺甜蜜的酒浆和幸福的生活！

他们必须唱。唉，帕皮奥尔，

没什么好惊讶的。

这就是如今的诗人。

从胜利的春天唱起，从复活节，

从春日盛开的花朵，

从绿草茵茵……愿夜莺或松鸦

也随着唱起来，愿同它们一起

在心中歌唱爱情，那时诗歌就具矣！


**玛蒂尔达站在圆柱碑后。**

**伯特兰**：愿佩里戈尔被烧毁，愿奥特弗被摧毁——

咏唱爱情，甜蜜又痛苦的喜悦：

"耐心，节制，激情"。

语词，只是语词而已！你无事可做，

你在诗歌中能爱谁呢？

男爵的妻子或女王——

利益均沾！为了能吃饱，

为了能喝好，

为了戴金和穿天鹅绒，

你不会再为认可和诗歌而唱！

让佩里戈尔被烧毁，让奥特弗被摧毁——

"你叹气，你祈求，

接着又恋爱，最后成为情人"，

一切都是空话！事实上，你爱的是

大肚子的农妇，为了她的臀部像船尾，

而乳房像攻城锤。

你爱她，但默默地。而谈起的却是这个玛蒂尔达：

> 她就像是埃及的棕榈树,
>
> 她的牙齿似珍珠,她的乳房像白雪,
>
> 她蕙质兰心,品行高雅,
>
> 你爱她,没有玛蒂尔达你会死,
>
> 她对于你是水,是面包,是空气!
>
> 让佩里戈尔被烧毁,愿奥特弗被摧毁!……

**玛蒂尔达**:非常好,骑士。

> 陷入混乱。每个人都跳起来。

**玛蒂尔达**:谢谢您,子爵。

  好吧,请继续:我期待着。

  很高兴听到您的歌。

**伯特兰**:好,我继续唱。

  您是我的女神,女王陛下,

  我讨厌自己的女神!我是您的奴仆。

  您强逼我来到此地,

  夺走我的城堡,焚毁我的领地,

  让我沦为宫廷小丑,奉承取悦……

  是的,我会阿谀奉承,

  会吟唱诗歌,但不会再爱!

**玛蒂尔达**:请继续。

**伯特兰**:唉,帕皮奥尔,让我们继续学吧!

就这样，爱一个人，取悦另一个人。

学会忍受折磨，享受乐趣。

出于下贱的职责给女主人唱歌。

这不是悲剧，这比悲剧更糟糕。

那如果你真的爱她？

那该如何去说服她？

言语？言辞空虚，充满欺骗，

千篇一律，一成不变，

所有人都唱一首歌，一切都很美好——

她不相信任何人。

帕皮奥尔，你将知道真正的痛苦。

爱她就说"我爱"，

大喊"我爱！"，大喊"我爱！"——

作为回报你会获得骏马或崭新的铠甲，

而沉默不语的"我爱"，只是作为薪酬的劳动，

还有心知肚明：你将不被相信！

我爱她，当恋爱的奴仆不受信任

又如何说出"我爱"？


沉默。


**玛蒂尔达**：我听过很多歌，男爵们，

有讨人喜欢的话语，也有天花乱坠的甜蜜誓言，

但这是第一次，我听到放肆的真话。

　　　　我相信您，伯特兰！（伸出一只手示意他吻一下）

　　　　我爱您！

**伯特兰**：但我爱的是别人！


落幕。


## 第二幕
### 第一场


帷幕降下。舞台上，在侧面，伯特兰和亨利在下棋。


**伯特兰**：你失去了你的王后①！

**亨利**：但我挽救了国王……

**伯特兰**：呵，国王……总是国王……为什么？

　　　　象棋中的国王，亲爱的亨利，

　　　　是一切也一无……好吧，我们拿走你的王后……

　　　　看吧，亨利，多么不公平：

　　　　一个小兵要比国王还强。

**亨利**：我向神圣的丹尼斯发誓，我烦死你了：闭嘴！

---

① 俄文为：филь，又称 Ферзь，国际象棋中的后。

**伯特兰**：不，事实上：大臣①在起作用，车和马在起作用，

王后也起作用。而国王——上帝保佑！国王在后方。

无处可去也什么都不能做……

**亨利**：下你的棋！

**伯特兰**：我要躲起来，就这样……就这样，我保护我的国王。

为什么所有人都在保护国王？

看在上帝分上，我可能会在王后的位置上推翻国王的！

**亨利**：看看你自己在说什么蠢话。

**伯特兰**：是哦，见鬼！我错失了大臣，没办法了。

我们还是继续吧。毕竟我还有一个国王。

国王——哈哈哈！然而国王软弱，可国王愚蠢，

国王无能为力，这是一个无国土之王！

**亨利**：（跳起来，掀翻了棋盘）够了！伯特兰！你要干什么？

几天来你一直折磨我。说吧，最终……

**伯特兰**（平静地躺在椅子上）：我希望你变得强大。

哪怕是拥有一英亩的土地，

也比一个没有国土的国王强……

**亨利**：你这只是空说……我该做什么？

**伯特兰**：我告诉过你一百次——

你的维奥蒂亚耳朵听不懂话吗，王子！站起来吧！

**亨利**：要再次流血了……

**伯特兰**：什么血？这是葡萄酒，

---

① 俄文为：визирь，国际象棋中的大臣，相当于中国象棋的相。

没有酒就不是生活。

喝血吧，喝酒喝到醉吧！

向面甲瞄准长矛，用剑打击铠甲，

让腿、头、手指、眼睛，

还有骨头、身体、马匹和人

飞洒在大地上，而鲜血还叫道："还不够！"

那时你会心醉，那时你会感到满足！

**亨利**：你——你是个野兽……

**伯特兰**：不，我是骑士！

我反叛了两次……现在是第三次！

还会有第五次，第十次，

反抗兄弟、父亲、教皇和上帝，

为了比所有人更强大，

为了不在空荡荡的宝座上活得如寄生虫，

并且拥有自己的城堡和自己的土地，

自己的朋友，自己的妻子！

**亨利**：（打了他一耳光）为了妻子！

**伯特兰**：（跳开；短暂的沉默）

你打了我，但我原谅你。

为了我的城堡，为了你！

**亨利**：我会再次打你耳光，

听见没，狡猾的骗子！

我不会让你的把戏得逞。

你一直在撒谎！我不信空话，

只信事实，证明给我看！（离开）

**伯特兰**：我会向你证明的！（离开）

　　仆人收拾了棋子。马特弗莱、乌克、兰姆波和拉伊蒙走进来。

**马特弗莱**：看见了吗？

**乌克**：哦，在黑暗的时刻，理查德给我们带来这个年轻人！

　　因为他，我们的甜蜜生活会变糟……

**拉伊蒙**：可是你们在战时的生活也不错。

　　又不需坐到马上。还在说什么……

**乌克**：不应该抱怨。

**马特弗莱**：我不明白这个伯特兰到底想要什么？

**兰姆波**：是一个不安分的人。

**乌克**：他在这里好好的，为什么总想着他的城堡？

**马特弗莱**：唱歌，喝酒，女人们围着他转——

　　还想要什么？

**拉伊蒙**：哎呀，你们这些男爵啊！

　　父亲的城堡，爷爷的土地呢？

**乌克**：就是各种担心和打仗……

**兰姆波**：有什么好担心。

**马特弗莱**：拉伊蒙，你这个蠢货，

　　你的伯特兰也不会有什么好。（离场）

**拉伊蒙**（一个）：可能吧，他们是对的。

　　但我还记得父亲……

当他攻入阿拉贡国王的城堡时，

他亲手杀死了他。我要和伯特兰一起去。（离场）


## 第二场


帷幕升起。玛蒂尔达寝室。玛蒂尔达，亨利。

蒂博尔和爱洛伊莎随侍在一侧。


**亨利**：玛蒂尔达！

**玛蒂尔达**：什么事，国王陛下？

**亨利**：我是你的国王么？……

我是您的丈夫……您不爱我……

**玛蒂尔达**：您是多好的配偶啊，我当然爱，陛下。

**亨利**：不是配偶，是妻子……我要的是妻子！

**玛蒂尔达**：我是忠实于您的……

**亨利**：不是那样的！您是忠实于我……

我不想委屈您……但我想要的是爱！

**玛蒂尔达**：只要能做到，我竭尽全力，陛下。

**亨利**：您是女人！……可我想要个家庭，

您理解吗？……还有幸福……这……

就是有家庭和孩子……明白吗，女人！

**玛蒂尔达**：如果我让您幸福，我能得到什么呢？

**亨利**：一切!

**玛蒂尔达**：那就为我报仇吧!

**亨利**：谁胆敢伤害您?

**玛蒂尔达**：伯特兰·德·波恩。

**亨利**：伯特兰?我最好的朋友?

**玛蒂尔达**：他当着所有人说不喜欢我。

    他一介俘虏,他应当敬爱于我!

**亨利**：哈——哈。哎呀,这并不可怕。

**玛蒂尔达**：他伤害了我!

**亨利**：难道我能强迫他喜欢您不成?

**玛蒂尔达**：可您——国王?您是正主吧,亨利!杀了他!

**亨利**(嘲笑)：杀了他?您在说笑,玛蒂尔达。

 伯特兰可是我的朋友……

**玛蒂尔达**：那任何人都可以诋毁我而不受惩罚?

    我就去寻求保护……理查德……

**亨利**（突然起身）：理查德?

**玛蒂尔达**：哎呀,您害怕了?

   是的,我去找理查德……

**亨利**：又是理查德,一切都是理查德……

  他哪点比我好?

**玛蒂尔达**：他是名副其实的统治者,

    而您——是一个和尚。

**亨利**：我是——国王。

**玛蒂尔达**：那就去为我复仇?

**亨利**：不可能！退下吧，王后！……

　　　我过了两年平静的生活，

　　　但伯特兰一回来，就又开始了嫉妒，

　　　又开始了怨恨。（离开）

**玛蒂尔达**：蒂博尔！你去叫理查德！

　　　　　去叫他，把话转达给他！

**蒂博尔**：但，夫人……

**玛蒂尔达**：我迫切地请求他伸出援手。去吧！

　　蒂博尔离开了。静默。玛蒂尔达开始哭泣。

**爱洛伊莎**：夫人，夫人！

**玛蒂尔达**：爱洛伊莎，明白吗？难道在父亲那里我们梦想过这个吗……

**爱洛伊莎**：夫人，不要哭了。

**玛蒂尔达**：我不喜欢亨利，但我忠实于他。为什么？我要成为王后！

**爱洛伊莎**：您就是王后啊，夫人。

**玛蒂尔达**：这样的王后才不是我想要的……亨利永远也当不了国王……

　　　　　理查德将会成为国王……

　　沉默。

**爱洛伊莎**：那您还一直喜欢那个人吗，夫人？

**玛蒂尔达**：谁啊？

**爱洛伊莎**（后退）：那个谁……

**玛蒂尔达**：谁？你说，大胆包天的奴才！

**爱洛伊莎**：伯特兰……

**玛蒂尔达**（一把撕了扇子，并把扇子扔向爱洛伊莎）：闭嘴，废物！

**爱洛伊莎**：巴伦西亚的扇子……国王送的礼物……

**玛蒂尔达**：伯特兰？我？……我讨厌他……他侮辱我……我要报复他……（用刺耳的声音）爱洛伊莎！爱洛伊莎！我爱他！（抱住爱洛伊莎）从那时起……记得吗，当我被送到约克时，我看到未婚夫身边的他，他的蓝眼睛……哦，我知道——他是魔鬼，他会毁灭所有人和我，但我爱他。爱洛伊莎！而现在，我既恨他，又爱他。他爱我，我知道，又爱又恨，爱情困扰着他。哦，如果他呼唤我，如果他呼唤我，我会忘记一切！……

**帕皮奥尔**（入内）：王后！请允许我的主人伯特兰·德·波恩入内觐见……

**玛蒂尔达**：让他进来！

　　帕皮奥尔离开。

**玛蒂尔达**：孩子！变戏法的！

**帕皮奥尔**（回头）：您有何吩咐，王后？

**玛蒂尔达**：告诉你的主人，我在等他。

　　帕皮奥尔离开。

**玛蒂尔达**：爱洛伊莎，你出去吧！

*爱洛伊莎离场。*

**伯特兰**（入内，屈单膝行礼）：夫人！

**玛蒂尔达**：您蛮横无理地来到我这儿，为了奉承和撒谎吗？

**伯特兰**：是的，我粗鲁无礼，但我并非为了撒谎和阿谀奉承。

我来拜见您是为了说出真相。

**玛蒂尔达**：昨天我听你说了真相……

**伯特兰**：正如我所说，夫人！

**玛蒂尔达**：您爱的是别人……

**伯特兰**：所谓的别人——就是您！

**玛蒂尔达**：您是巧言令色的骗子，骑士！

走开吧，我不再相信您！

**伯特兰**：我告诉您，我是怎么看见您的！

当您走进之际，我正站在亨利旁……

老国王带您进来，

仿佛在枯老身体里青春复苏：

他像年轻人似的容光焕发……

亨利低垂着眼睛，

狮王理查德忧郁地盯着哥哥，

还有嫉妒的杰弗里，

啃咬着粗笨的手指，

骑士们高喊："恭贺新禧！"

高喊："万岁！"呐喊："上帝保佑！"

他们把诺曼剑指向您……

唯有一把剑沉重地支在地上，

唯有一个诸侯没有喊："阿瓦隆！[1]"——

但您看着他。

著名的歌手们为您创作歌曲。

十二个候选诗人在您面前争抢机会，

第十三个诗人沮丧地站在旁边，

但您看着他！

啊，女士！


沉默。


我还要向您讲述其他。

那年我三十岁。

现在我三十七岁……

七年已逝。我唱了很多歌，

我看到了很多国，

诸剑与吾剑交叉致死。

剑虽绝望，声音复活，

在洪亮的声音和铁器撞击中

我听到了您！

---

[1] 天佑之岛。（原注。）

沉默。

**伯特兰**：夫人！

沉默。

**伯特兰**：我背叛了您不假，
　　　　　但错在您这儿。
　　　　　我邂逅了许多女人，
　　　　　却在其中将您寻觅，
　　　　　我认出了您，
　　　　　一无所获，徒然落泪！
　　　　　夫人！

沉默。

**伯特兰**：一进入克莱沃，我们就扎营。
　　　　　六天，我们没吃饭，
　　　　　六天，我们没喝酒，
　　　　　马毙了，人死了。
　　　　　但我不知饥渴——
　　　　　我唱了关于您的歌！
　　　　　夫人！

沉默。

**伯特兰：**您在沉默吗？最后我对您说：

　　亨利王子，

　　狮王理查德，

　　布列塔尼的杰弗里，

　　图卢兹伯爵，

　　来自萨拉戈萨的阿方索

　　都深爱着您。

　　五位更尊贵的贵族，

　　五位伟大的君主

　　把心献给您——您选择了第六个：

　　我！玛蒂尔达，您已经是我的！

**玛蒂尔达：**我什么都不记得，别枉费力气撒谎，

　　甜言蜜语都是徒劳无功。

　　劝您快逃走，向卡佩去求救：

　　您会死在这里，我陷害了您，

　　我求助了理查德。

　　我一个女人被你羞辱，

　　女人不会忘记羞辱。

**伯特兰：**但您会忘记的！我为您唱歌！

　　（开始唱）

　　让我的猎鹰丢失，

　　愿它不再回家

或愿它忘记飞翔，

倘若您不再独自拥有我，

倘若我忠于了别人

抑或我拥有了别人。

就让脖子上的盾牌重若磐石，

就让头上的头盔被撞掉，

而我不会让马咬住嚼子，

让它变成疲惫不堪的劣马，

让不友善的主人庇护我，

如果我爱上别人！

我的女士，如果不是诽谤，

邪恶的嘴唇低声对您说了什么，

让另一个人成为您的骑士；

让我像懦夫一样从战场逃跑。

让门客彻底抢劫和嘲笑我。

让敌人占有我的财产，

让我的城堡的四个主人——

弩兵，治疗师，守卫，人民，

互相讨厌，坐下来互相争斗，

如果我有什么可怪罪的话。

我无法继续证实，

不愿伤敌过甚。

如果在任何地方，彼处或此处，

黑暗的房间或绿色的草地，

> 我们会留在一起,那么如果我撒谎,
>
> 就让我的力量衰减!

**雷金纳德**(进入):女王!我的主人理查德感谢您的信任。他会为您复仇。

**玛蒂尔达**:告诉他——我非常感谢他。

> 但我原谅了伯特兰骑士,
>
> 我不再需要理查德相助。

雷金纳德离开了。

**伯特兰**:什么时候?

**玛蒂尔达**:今晚……

**伯特兰**:今晚?

**玛蒂尔达**:直到早上!

落幕。

## 第三场

前台。伯特兰和亨利快速进入。

**伯特兰**:今天夜里!

**亨利**：什么今天夜里？

**伯特兰**：今天夜里来找您的妻子。我会向您证明！

**亨利**：伯特兰，你说谎！

**伯特兰**：黎明时分，来敲您妻子的门。您看我是否说谎！

**亨利**：哦，你为什么要来啊？没有你我很开心，伯特兰……

**伯特兰**：像个女人。亲爱的，你是国王。国王不能幸福！

亨利离开了。

**伯特兰**：奥特弗！我的城堡！

我愿献出一切：爱情，荣誉和友谊——

为了奥特弗！它是我的，我的，城堡将是我的！

落幕。

# 第三幕

## 第一场

通道大厅。玛蒂尔达和理查德。

**玛蒂尔达**：兄弟！我已向您传达了我的请求，

我不需要您的帮助了。

我原谅了伯特兰。

**理查德**：但我没有原谅他。

我会为您报仇的。

**玛蒂尔达**：他是我的歌手。

兄弟，您无权触碰他！

**理查德**：玛蒂尔达！我是个坦率的人。

我爱您，玛蒂尔达。

**玛蒂尔达**：亲爱的兄弟，我赶时间……

**理查德**：我爱您很久了，但你选择了亨利。

您想成为女王。

**玛蒂尔达**：别说了，兄弟，为时已晚。

**理查德**：父亲很快就会死去，

但亨利不会成为国王。

伯特兰将杀了他。

我将成为国王。

**玛蒂尔达**：您想要我做什么？

**理查德**：想要拥有您。

**玛蒂尔达**：什么时候？

**理查德**：现在。

**玛蒂尔达**：再见，兄弟。（*离开*）

**理查德**：向托马斯·贝克特发誓，

她急于约会。和谁？……

哼，雷金纳德！

雷金纳德进入。

**理查德**：去叫伯特兰来！他在隔壁房间。

雷金纳德离开了。

**理查德**：我总能得到我想要的东西。
　　　　我想成为国王，我就能成为国王。
　　　　我爱她，她就是我的。

**伯特兰**（进入）：您召见我，伯爵大人？

**理查德**：我不是伯爵，而是统治者！

**伯特兰**：我是您的附庸，普瓦图伯爵，
　　　　但我还是一个自由的骑士！

**理查德**：好！我今天不想和你争论……
　　　　听着，你是一个固执的人。
　　　　我喜欢你这样的人。

**伯特兰**：谢谢，伯爵大人。

**理查德**：还是伯爵？……算了……
　　　　我知道你的想法，骑士！
　　　　你想让我的兄弟打败我！

**伯特兰**：难道不是吗？

**理查德**：你只有死路一条……
　　　　亨利是个胆小鬼，他害怕我。
　　　　伯特兰，放弃他吧。

投靠我吧。他能给你什么？

**伯特兰**：我的城堡！

**理查德**：你不会从任何人那里得到它！

那些岁月已经不复存在了。

城堡属于国王，不属于封侯！

**伯特兰**：我的城堡！

**理查德**：当我成为国王时，我封你为侍卫官。

**伯特兰**：我的城堡！

**理查德**：我赏你五座城堡作为报酬！

**伯特兰**：我的城堡！

**理查德**：倔强的骡子！你尽可以反叛！

对我而言打败你们易如反掌！

亨利一死——我将成为王储，

英格兰和诺曼底都将属于我！

**伯特兰**：您轻而易举就能洞察别人的心思，

伯爵，但我了解您。您还没说完……

亨利去世，您想要的不只是他的王位，

还有他的妻子。您害怕我！

**理查德**：混蛋！（*离场*）

**伯特兰**（*嗤笑一声，紧跟着跑到窗前，迅速开口唱歌*）：

金发女郎！我得到女子的垂青，

她纯洁，温柔，美丽，

一头金发色泽似亚麻！

身躯散发着芬芳花香，

纤细的臂膊，挺拔的乳房，

熠熠发光的小绒毛！

金发女郎！所有人都为她长吁短叹：

普瓦图、萨拉戈萨，

还有图卢兹和布列塔尼。

但她不喜欢高傲、

奸诈的君主，

喜欢永远爱她的

可怜的附庸……

金发女郎！我是她的情人，

而你是她避之不及的……

*拉伊蒙和帕皮奥尔跑入大厅。*

**拉伊蒙**：伯特兰！伯特兰！

**伯特兰**（*快速转身*）：在哪里？

**拉伊蒙**：在城外，在三个青年的小树林里。

**伯特兰**：一切都像我所说的吗？

**拉伊蒙**：马鞍，骑士都准备好了……

**伯特兰**：等到早上……帕皮奥尔！

**帕皮奥尔**：我在这儿，主人！

**伯特兰**：你就守在女王的窗下。

　　当东方之星升起时，你就唱黎明曲。

**帕皮奥尔**：谁的，主人？

**伯特兰**：吉罗·德·博尔内尔的。

他是继我之后第一诗人!

现在再见,夜色已降。

伟大的事业在等待我。

落幕。

## 第二场

帷幕落下。在舞台后面响起帕皮奥尔的声音。

**帕皮奥尔**(唱)：光荣之主,真理之光,光明,

万能的上帝,请给我一点建议,

我的朋友需要忠实的帮助,

我没从晚上的守卫那儿看到他,

      晨将至。

我亲爱的朋友,您睡觉与否?

快起来,回应这首歌。

东方之星熠熠生辉,

已然可见——天将明,

      晨将至。

亲爱的朋友!有朋友在呼唤您,

快起来,倾听吧——鸟儿在唱歌,

那个太阳之驱在召唤。

朋友,我担心嫉妒的人会醒来,

      晨将至。


幕布升起。玛蒂尔达的卧室。玛蒂尔达,伯特兰。


**帕皮奥尔**(唱):从您离开我那个晚上开始,

    我没有入睡,也没有从地上站起。

    主啊,玛利亚的儿子,我向您祈祷,

    让我的朋友安全返回,

        晨将至。

    亲爱的朋友,傍晚您请求我,

    让我彻夜不眠直至早晨,

    为了朋友我承担这项任务。

    好了!您是否喜欢这首歌和情分?

        晨将至。

**伯特兰**(回应):亲爱的朋友!我在安乐国里,

  我不需要太阳和早晨,

  因为世上最美好的女人

  被我勇敢地拥抱,一切于我之外,

  直到妒夫和早晨来临。


沉默。

**玛蒂尔达**：亲爱的，走吧！

**伯特兰**：我最爱的人，等等……

**玛蒂尔达**：哦，时间过了！

**伯特兰**（黎明时分指着窗外）：

不，还早，玛蒂尔达。

亲吻对方。

**玛蒂尔达**：隔壁的侍女要醒来。

**伯特兰**：侍女的情人还睡在谎言中。

**玛蒂尔达**：黎明已升起……

**伯特兰**：爱的曙光已升起。

**玛蒂尔达**：看！天亮了……

**伯特兰**：看！你如此美丽。

**玛蒂尔达**：伯特兰，是时候了……

**伯特兰**：是吻别的时候了。

亲吻。伯特兰侧耳倾听。

**玛蒂尔达**：怎么了，亲爱的，怎么了？

**伯特兰**：没什么，我感觉到了。

**玛蒂尔达**：脚步声？

**伯特兰**：哦不，没有。

**玛蒂尔达**：亲爱的，过来……

你还记得……第一次……

我们的第一个吻！

**伯特兰**：我怎能忘记！

**玛蒂尔达**：你是与众不同的……

**伯特兰**：你也无与伦比。

**玛蒂尔达**：我当时是新娘……

**伯特兰**：现在你是王后……

**玛蒂尔达**：不是你的！

（想亲吻他）

他推开了她。站起来。

**伯特兰**：我呼唤过你：我们私奔，

去那里，去我的旧城堡。

你会在上帝面前成为我的妻子！

**玛蒂尔达**：可你已结婚……

**伯特兰**：我会杀了我的妻。

**玛蒂尔达**：那教父呢？还有国王？

**伯特兰**：战争是我所爱。

我的爱在战争中，

战争使我走向强大！

玛蒂尔达！你为什么不敢？

**玛蒂尔达**：我是女王……

**伯特兰**：呵呵！你想成为女王！

嗯，好吧，愿望如此可嘉……

**玛蒂尔达**：我想成为强大的和威严的，

而亨利软弱无能……伯特兰！

当父亲去世，他还会是国王吗？

**伯特兰**：是的，如果我成全！

**玛蒂尔达**：你？

**伯特兰**：要知道，我的剑里

我的胜利之歌里

有大英格兰的命运，这里有整个王国。

**玛蒂尔达**：所以举起你的剑，唱你的歌，

伯特兰，我将永远属于你！

**伯特兰**：好！我们做一个约定。你发誓：

不管我做了什么，我实施了什么

你都不要诅咒我！

**玛蒂尔达**：我不明白……

**伯特兰**：你发誓！

**玛蒂尔达**：伯特兰，你要干什么？

**伯特兰**：画十字。

你发誓！

敲门声响起。

**亨利的声音**：玛蒂尔达，开门！

**玛蒂尔达**：是我丈夫！过来，伯特兰，藏这里！

**伯特兰**：你快发誓！

**玛蒂尔达**：藏在这里！（把他藏在门口的一个壁龛里，点亮一盏夜灯。打开门）

昏暗。

**亨利**（环顾四周）：请原谅，皇后，但我……

**玛蒂尔达**：您是在以怀疑肆意羞辱我吗？
    进来吧——这是您的权利。

**亨利**（环顾四周）：相信我，王后，我没有……

伯特兰推翻桌子，从壁龛里跑出来，砰的一声关上门，站在门前。

**亨利**：他逃跑了！（冲到门口）

**伯特兰**：亨利，停下来！

**亨利**：啊！谁？伯特兰？别挡道！

**伯特兰**：我不放你。

**亨利**：谁逃跑了？谁和她在一起？说话！

**伯特兰**：我不敢说出他的名字。

**亨利**：告诉我，否则我会杀了你！

**伯特兰**：杀了我吧，我不敢说出来……

**亨利**：啊！是我的弟弟！又是理查德。别拦我！

**伯特兰**：不！

他们打起架来。


**亨利**：理查德！和我的妻子！

**玛蒂尔达**：陛下！您怎么能这么想……

　　　　伯特兰，说话啊……

**伯特兰**：我不能说出来。

**亨利**：闭嘴，放荡的女人。您还敢说？

　　　伯特兰，谢谢你。我以前真是瞎眼了。

　　　是你把我带来的……

**玛蒂尔达**：哦，我明白了……

　　　　完了，完了……圣罗莎蒙德，太可怕！

　　　　伯特兰·德·波恩，犹大！

　　　　是你，你……你告诉了他……

　　　　亨利！我要毁了你……

　　　　他是我的情人，伯特兰！

**亨利**：闭嘴，狡猾的孽种。你休想陷害他。

　　　我不相信你。他是忠实的仆人。

　　　伯特兰，我们去你那里！

　　　开战！

**伯特兰**：马等着我们呢。

**亨利**：谢谢你，朋友。圣丹尼斯！

　　　圣乔治！开战！开战！（跑掉了）。

**伯特兰**：我发誓：我爱您。

　　　　但是奥特弗！……（跑掉了）。

**玛蒂尔达**（呆了一下；然后跑到窗口）：我会报仇的!

侍女们跑了进来。

**玛蒂尔达**：去找理查德，告诉他，我同意了!

落幕。

## 第四幕

克莱沃城堡。大厅。舞台空着。舞台后面。

传来声音："放下吊桥!"小号声响起。阿德玛和伯恩格尔快速进入。

**伯恩格尔**：那里发生了什么?
**阿德玛**：国王的使者到了!
**伯恩格尔**：和平了?
**阿德玛**：上帝保佑，伯恩格尔。
**伯恩格尔**：什么呀! 伯特兰不让和平……
**阿德玛**：魔鬼，真不是个人……

拉伊蒙进来了。


**拉伊蒙**：国王宽恕了所有人！

给男爵们分封了宫里最高位……

还有封号和收入。而亨利与老国王共同执政……

**阿德玛**：胜利！

**伯恩格尔**：那也就是和平了？

拉伊蒙。但国王夺走了城堡！

**伯恩格尔**：事情遭了……

**阿德玛**：没有城堡，伯特兰是不会罢休的……

**伯恩格尔**：为什么我们需要这些城堡？

在皇宫，我们将生活得更富裕……

**阿德玛**：还有更多的……

**伯恩格尔**：厌倦了战斗！

**拉伊蒙**：可我们赢了……

**伯恩格尔**：有什么意义呢！

胜利——一次，胜利——两次，

未来不可见。

**阿德玛**：如果不是伯特兰，我们早就风平浪静了。

没有城堡也挺好……


幕后，声浪涛涛，不断传来武器的碰撞声。


**拉伊蒙**：啊！亨利放出信使……

**阿德玛**：天啊！战争又来了吗？

  男爵们围着亨利迅速进入。伯特兰走在最后，站在一边。

**亨利**：男爵们！和平了！

**男爵们**：万岁！

**亨利**：战争——结束了！

  我们向世界证明了

  我们的强大，

  我们自由的强大！

  现在的和平是名副其实的，令人愉悦。

  我们赢了。

**男爵们**（嗡嗡声）：国王封我子爵……

  我将成为最年长的侍膳近臣……

  赏了我三百金币……

**亨利**：再见，骑士们！

  今天夜里我就离开……

  去我父亲那里……

  父亲，父亲，我多么想念您……

  去亚精顿！我的猎鹰在等我……

**男爵**（嗡嗡声）：狩猎……爱丽萨在等我……

  啊，亚精顿的光荣歌手……

  我们打猎，哦，我们打猎！……

  终于和平了……和平，和平，和平……

亨利走近伯特兰。

**亨利**：啊，魔鬼！伯特兰……他会毁了一切……
　　　伯特兰……伯特兰，我的朋友！
　　　别再难过……父亲使你成为吟游诗人之王……
　　　而伯爵的王冠……城堡算什么？

**伯特兰**：我不难过，亨利……
　　　　父亲的城堡算什么？
　　　　——小事一桩。

**亨利**：后会有期，亚精顿见。

**伯特兰**：谁知道呢，亨利！我
　　　　想和你喝酒饯行……
　　　　一起……为了和平！

**亨利**：干杯！为了世界！等着我，我去同军队告别。
　　　在这儿等着我。朋友们！
　　　吹响集结号！我想同军队告别！（走出）

男爵跟在他身后。伯特兰、拉伊蒙和帕皮奥尔留了下来。

**伯特兰**：拉伊蒙，你看见了吗？所有人，所有人，直至最后一人。
　　　　放弃了自由，就像丢弃衰老的无用劣马……

拉伊蒙沉默了。

**伯特兰**：你为什么沉默？还有你，拉伊蒙？

**拉伊蒙**：能怎么办，伯特兰。命运啊……

**伯特兰**：父辈的城堡！

**拉伊蒙**：是的，但是父辈的时代结束了，伯特兰。时间比我们强大……

**伯特兰**：我们走着瞧！

　　再次斗争？斗争对于我并不陌生！

　　随波逐流？我要向时间对抗！


拉伊蒙离开。


**伯特兰**（帕皮奥尔）：孩子……你……和我留在一起。

**帕皮奥尔**：永远，我的主人。

**伯特兰**：谢谢，亲爱的……我的好孩子……

　　那……如果我死了，

　　不要忘记我；珍惜你的自由，

　　永远不要出卖剑和唱歌！

**帕皮奥尔**：我发誓！

**伯特兰**：阿门。（亲吻他）

　　来两杯酒！


帕皮奥尔出去。


**伯特兰**：亨利！

　　都怪——你。

我做了我所能做的一切。

国王不可能幸福。

帕皮奥尔拿来一个酒罐和两个银杯。

**伯特兰**：出去吧!

帕皮奥尔离开。在舞台后面，响起打雷般的呐喊声："万岁!"

**伯特兰**：一群蠢货!（往高脚杯倒酒）

奥特弗!我的城堡!

我为你而出卖爱情和荣誉，

友谊如今也将消亡。

剑无所力和歌无所用之处——

毒药会有所帮助!（往右侧高脚杯里撒进毒药）

亨利跑进来。

**亨利**：啊，终于结束了!大家多么开心!

伯特兰，和平!和平!

我们向理查德证明了，我们是什么样的……

**伯特兰**（对自己）：都是蠢货。

**亨利**：六个月来，我们在城墙下、战场上击败了他们……

理查德，你怎么，会咬自己的嘴唇吗?

父亲老了，我会成为国王……

**伯特兰**：老头会比你狡猾！在他活着的时候，

你不会看到王冠，作为圣日。

**亨利**：父亲……如果你知道，

我多么想念我的父亲。他是个好人……

**伯特兰**：好……好人！

**亨利**：他威严而奸诈，但他是爱我的。

他给我写了多少信啊，

多么温柔啊……

**伯特兰**：直到你打败了他。

**亨利**：我要统治王国！

**伯特兰**：拭目以待。

**亨利**：好啊，亲爱的朋友，多好啊！

我会成为国王，我会获得幸福！

**伯特兰**：国王不可能幸福！

**亨利**：喝一杯！（拿起一只有毒酒的杯子）。为了和平！

**伯特兰**：不，为玛蒂尔达干杯！

**亨利**：玛蒂尔达？（把杯子放在桌上）

伯特兰，你怎么这么邪恶，伯特兰？

玛蒂尔达，哦！我已经忘记了她。

我的荣誉……

**伯特兰**：是的，荣誉……


沉默。

**亨利**：不,我不能……

圣母,原谅我吧,就像我宽恕我的敌人一样。

我不能,我不想复仇。(跑向伯特兰)

伯特兰,朋友,我会原谅她,

好吧,我会强迫自己原谅她。

我想要幸福……而父亲……我爱他。

伯特兰!我知道她犯了罪,

她侮辱了我,但我会原谅她的……

**伯特兰**(对自己):他多么想要幸福啊,这个可怜人!

**亨利**:让我们喝一杯,伯特兰!(误拿起他的杯子,纯酒,要喝)

**伯特兰**:端起杯子!

**亨利**:拿这个。(指示伯特兰拿起带毒酒的酒杯,想喝)

**伯特兰**:等等,亨利!

亨利放下杯子。

**伯特兰**:你今天起床的时候,你看过圣克里斯托弗的脸吗?

**亨利**:没有……忘了……

**伯特兰**:你是否知道,起床时没看圣克里斯托弗的人,可能会不幸死去吗?

**亨利**:我知道……但你为什么说这个?

**伯特兰**:酒里有毒!

**亨利**:谁下的毒?

**伯特兰**:我!

**亨利**：为什么？

**伯特兰**：为了继续战争！奥特弗是我的！

要知道你死了——国王不会原谅我们，

男爵们情不情愿都会继续战斗！

**亨利**：伯特兰，你在跟我开玩笑吗？

**伯特兰**：不！没有。

酒中有毒，杯中暗藏杀机……

但你是我的朋友，我不忍杀死你。

背后杀人，乃像意大利人……

让剑决定城堡是谁的吧！

**亨利**：伯特兰！你可知道我爱你啊！

**伯特兰**：我也爱你！但我需要你的死亡：城堡！

**亨利**：我再也不打仗了！

**伯特兰**：永远不？不打仗？你要知道：不是理查德——

那天晚上是我和玛蒂尔达在一起，

不是理查德——我是女王的情人！

我欺骗了你和她，我把丈夫

叫到妻子跟前，为了让他发现我，

但是黑暗帮助了我，

我如同蛇的背叛得手了！

**亨利**：啊！啊！（举起剑）

**伯特兰**：终于来了！

**亨利**：伯特兰，我不相信！

你撒谎……我明白了……

>你想激怒我……我不相信!

**伯特兰**：胆小鬼!

**亨利**：都是徒劳! 我不想打仗……

>伯特兰! 你为什么想要……在这一天……

>当我终于获得幸福的时候?

>为什么啊?

**伯特兰**：我无能为力! 他太善良和诚实了。

**亨利**：你在开玩笑，告诉我，你在开玩笑吧?

**伯特兰**：当然了，亲爱的。

>嗨，亲爱的朋友，亨利，

>你连笑话和真相都不区分……

>我想考验你……嗨，来吧，

>我们抱一下……


亨利拥抱他。


**亨利**：伯特兰，我的伯特兰……

>你怎么这么坏……

>我真是想……让你去见鬼……

>伯特兰，我多开心……你在开玩笑……

**伯特兰**：当然了，我的傻孩子……

>还是国王呢! ……喝酒吧!

**亨利**：酒?

**伯特兰**：下毒了吗? 这就向你证明……

你想喝这杯吗?（拿了无毒的那杯酒）

我干杯。为了国王的幸福!（喝）

好酒!

**亨利**：为了国王的幸福!（喝了有毒的酒）

好酒……（走了两步，悄无声息地倒下死了）

**伯特兰**（奔向窗户）：唉唉！升起桥！守卫，守住瓮城!

吹集结号！装备武器！吹集结号!


现场管道后面。

伯特兰接近亨利的尸体。


**伯特兰**：我多么爱你，再见吧，我最好的朋友!

再见吧，亲爱的兄弟!

飞到你的天堂，

你是一个诚实的人，你是个好人……

但你这个傻瓜想成为国王，

而天堂里没有国王的地方!

你诚实至极是为了地狱，

也为了王位，亨利!（用雨衣盖住）


男爵跑到一起。


**男爵**：发生了什么事?

谁喊人了？和平！什么……

亨利在哪儿？谁喊我们！

**伯特兰**：我喊的你！

**男爵**：为什么？伯特兰……

什么？为什么？为什么？

**伯特兰**：你们记住世袭的城堡！

像鹿一样自由，

我们的祖先住在那里，

教父和国王无能为力，

应对自由的精神，

自由的歌声，

自由的斧头！

黄金和王室与我何干？

为了显赫的头衔，

奴隶般不光彩的生活？

普瓦图的贵族们！

我告诉你们：没有平安！

手持剑：荣耀在战场等着我们！

**男爵**：不——不！什么？亨利在哪儿？不！亨利在哪里？我不想要战争！和平！亨利在哪儿？亨利在哪儿？

**伯特兰**（从尸体上抛下面纱）：在这里！

沉默。

**伯特兰**：我杀了他。

**男爵们**：啊——啊——啊！（举剑）

**伯特兰**：哼！你们倒挺麻利！懦夫们！

请留住你们的热情：它对我们有用。

王储被杀——国王不会原谅我们，

在架子上等着我们的是可耻的死亡！

投入战斗吧！

*男爵们没有回应。*

**埃梅里克**：我们会把你交给国王的。

我们没有涉及进来！

**男爵们**：是你杀的，与我们无关……与我们无关……

我们会把你交给国王的！

**伯特兰**：但都活不成！（解开剑）

让我死，但亲爱的，

我会用代价卖给你们自由的！

圣丹尼斯！圣乔治！高兴起来！

**男爵们**：高兴起来！（*都起来*）

**伯特兰**：谁跟我在一起？拉伊蒙！

*拉伊蒙在一旁沉默不语。*

**伯特兰**：独自一人赴死，——

死得更为光荣!

高兴起来!(撤退,战斗)

帕皮奥尔!你直到最后都忠诚于我,

我打仗时你给我唱歌。

**帕皮奥尔**(颤抖,幼稚,刺耳的声音):杀手!

**伯特兰**(掉剑):孩子!

**阿德玛**(攻向剑):投降吧!

**伯特兰**:绝不!

落幕。

## 第五场

同样的布景。阿德玛,埃梅里克。

**阿德玛**:给他神圣的王国!

**埃梅里克**:曾是一个伟大的君主!

**阿德玛**:还有伯特兰!

伯恩格尔和拉伊蒙走入。

**阿德玛**:国王死了!

**拉伊蒙**：老头子?

**伯恩格尔**：圣托马斯·贝克特，宽恕他吧！

**埃梅里克**：信使带来亨利逝世的消息。

　　　　　老人一时怒火上升，

　　　　　当场死了，一言没发！

　　　　　一个真正的人啊……

**拉伊蒙**：曾经是，现在不存在了。

**伯恩格尔**：那理查德是国王喽？

**埃梅里克**：还和玛蒂尔达结了婚！

**拉伊蒙**（痛苦地）：我就知道这样！

**伯恩格尔**：伯特兰完蛋了！

**阿德玛**：朋友，你必须做好准备。理查德马上到。（离开）


　　罗杰和伯特兰进入。


**罗杰**：就站在这儿。当理查德走过时，你要跪在他脚下，他也许还会怜悯你！

**伯特兰**：不可能！我在老国王面前都没羞辱过自己，

　　　　　在理查德面前更是如此。

　　　　　就让他杀了我吧！

**罗杰**：如果他只是杀你，还算你有福气。

　　　　你免不了受折磨。

**伯特兰**：我的城堡被抢走——

　　　　　我不需要生命，

我也不怕火或赌注!

我的城堡!我的奥特弗!

我只为你而活,为你而死

在我死的时候,我想念你。

再见!

*游吟诗人们闯进。*

**马特弗莱**：在这儿呢!

**佩雷拉**：好啊,伯特兰!

**马伊洛利**：伯特兰·德·伯恩!大兄弟!

**伯特兰**：哇,朋友们!

**兰姆波**：朋友,你过得怎么样?

**伯特兰**：太好了!

**兰姆波**：伯特兰,你的城堡怎么样?

**伯特兰**：和你一样,兰姆波,身体健康!

**马特弗莱**（嘲笑）：圣安东尼努斯,

    你的双手似乎受到了约束,伯特兰!

**伯特兰**：但语言是自由的。

  保重吧,马特弗莱!

**乌克**：亲爱的,你现打算住哪儿,

  我的朋友,在亚精顿还是（模仿）父亲的领地?

**伯特兰**：住在地狱,朋友。我会在那儿等你!

**兰姆波**：告诉我,伯特兰,

你喜欢在炙热的煤上蒸烤不?

**马特弗莱**：不，他更喜欢分尸。

**乌克**：在我看来，他早就为自己选择好了轨迹。

**佩雷拉**：西班牙式靴子①他同样不可小觑!

**伯特兰**：可我会想着你的愚蠢嘴脸，

我甚至不会喊叫!

**马特弗莱**：而你在架子上能给我们唱一首歌吗，伯特兰?

**伯特兰**：吟游诗人们将唱关于你们卑鄙的歌!


*理查德，玛蒂尔达，贵族进入。*


**理查德**：我不喜欢这种高级的演讲和庄严的话语。

普瓦图的贵族们!

你们背叛了你们的父亲——

他的神圣王国! 来反对我。

但你们若求和，我原谅你们。

忠实地在王宫里为我服务。

**男爵们**：万岁!

**伯特兰**：畜生们!

**理查德**：谁再敢说这话?

**伯特兰**：伯特兰·德·波恩!

**理查德**：啊，老朋友! 我们这就见面了。

---

① 一种中世纪刑具。(原注。)

**伯特兰**：我也为你高兴，君主。

**玛蒂尔达**：可是，子爵，您戴着脚镣呢。

**伯特兰**：夫人，您坐在王座上。

**玛蒂尔达**：但你带着锁链，子爵……

**伯特兰**：夫人，你坐在王位。

**理查德**：去吧，伯特兰！

我看，你是死不改悔。

你说话很强硬。

但我的权力比你更强大，伯特兰！

**伯特兰**：是的，但权力会逝去，而话语不会的，君主！

**理查德**：够了！伯特兰·德·伯恩！

临死前你想要点什么？

**伯特兰**：我想要……

**理查德**：说吧！

**伯特兰**：让我的孩子帕皮奥尔和我告别。

**帕皮奥尔**（从人群中挤出）：爵士！爵士！原谅我！是我害了您。

**伯特兰**：不，帕皮奥尔，你说的是实话……

我爱你，只相信你……

我发过誓要保护我的城堡——

不惜任何代价！

但是有一个代价——劫运不会放过它的，——

我伤害了一个朋友，现在惩罚在等着我。

**理查德**：那你想让我做什么，诗人？

**伯特兰**：杀了我。

**理查德**：哈！我知道要杀你。但是怎么杀？

**伯特兰**：用酷刑。我什么都不怕。

*玛蒂尔达和理查德悄声地交谈。*

**伯特兰**：帕皮奥尔！

　　我死后你骑上我的马，

　　带上我的琴和剑，

　　奥特弗就是你的方向。

　　你从东方向它驶去。

　　停下后转向塔楼，

　　说"谢谢",再说"请原谅。"

　　然后用剑刺破琴，

　　把剑刺在墙上再喊：

　　"对不起，他为你而死！"

　　你，我的孩子，切记！

　　再不要出卖剑和歌！

**玛蒂尔达**：子爵，我为你想好了一个酷刑！

　　卸下他身上的枷锁！

*镣铐被解除。*

**玛蒂尔达**：伯特兰·德·伯恩！你让我的配偶成为国王，我成为王后！

　　我们要感谢您。您现在

成为我们的第一个吟游诗人。

子爵,为我们的荣誉而歌唱吧!

**男爵中间一片困惑和杂音。**

**伯特兰**(经过短暂的沉默):

马特弗莱!佩雷拉!

乌克!迈洛利!

你们用烤刑架威胁我!

火、轮、针有什么用?

世界上看不见的可怕酷刑,

比死刑更严重的惩罚,

只有女人才能想出来:

给刽子手唱歌,为老爷们祝福!

我说:我什么都不怕,

只有这个对我更可怕!

我不想要这样的惩罚!

帕皮奥尔!告诉她

让他们原谅我,让他们杀了我!

**帕皮奥尔**:可是,先生……国王毕竟

让您成为他的第一个吟游诗人……

**伯特兰**:你还说!你?

我教导了谁啊!帕皮奥尔!

**理查德**:呵呵!男孩说的是明智的!

　　　　我让你成为我的吟游诗人。

　　　　你会得到我马厩里的马！

**帕皮奥尔**：谢谢，先生！（亲吻他的手）

**伯特兰**：帕皮奥尔！……你？……

　　　　不……你又说对了……

　　　　带上骏马，你就是快乐的，奴仆！

　　　　是的，时间是将会超越祖先，

　　　　现在没有自由，城堡——国王的！

　　　　愚蠢！你为了什么而战？

　　　　为了族人的城堡？再没有这样的城堡，

　　　　但是有国王，有女王的宫廷。

　　　　在宫廷执事时有顺从的封侯！

　　　　时间就是如此指令：顺从吧！

　　　　谁不向时间屈服，谁就是疯子。

　　　　我不屈服，现在我为此而死。

　　　　时间，你赢了。我败了。

**玛蒂尔达**：给我们唱一首歌吧，诗人！

**伯特兰**：为获得金杯作为奖励？把琴拿给我！

*理查德笑着。*

**玛蒂尔达**：我报了仇！

**伯特兰**（唱）：

　　　　当春天已到角落，

我还有夏天的歌吗？

国王，你命令我唱歌，

那我就唱上一首歌！

虽然悲伤依旧，

但我"不带愤怒地"歌唱——

给您，狮心的理查德，

给您，女王。

我的城堡高大而挺拔，

就像最好的勇士队伍。

国王，您向我的高大城堡

赋予了斧头。

而野草从石头上钻出，

我却"不带愤怒地"歌唱——

给您，狮心的理查德，

给您，女王。

我的剑总在火中为我歌唱，

我一生都因它而走投无路，

我一生都有它而熠熠发光，

在族人的城堡上空。

您把城堡抛进护城河的沟里，

我却"不带愤怒地"歌唱——

为您，狮心王理查德，

为您，女王！

我的忠实朋友，忘记了邪恶

我就杀了他,
至少让死亡可以归还
我城堡的影子。
你只给我留下话语,
我却"不带愤怒地"歌唱——
为您,狮心王理查德,
为您,女王!

理查德和玛蒂尔达不听,他们与贵族交谈。伯特兰将琴扔到地板上。

(面向公众)
佩里戈尔被烧尽了,奥特弗被摧毁了!

落幕。

1922 年

# 备 注

如果我大胆的话,我就把我写的悲剧称之为浪漫主义悲剧。但我不敢,因为这个词意味着责任,对我来说代价高昂。浪漫主义于我而言——首先是风暴和冲击，不是多愁善感，不是流泪，而是疯狂和胜利。这是俄罗斯文学不具备的，是我一直向西方学习的：现在学习的，将来也一直学习的。我们在没有理解浪漫主义之前，就把"浪漫主义"这个名词随意运用。只要作家谈及感情，讲述为理想而哭泣——他就成了浪漫主义作家。或者，恰恰相反：倘若作家描写的是流氓无赖、强盗、杀人犯——他就是浪漫主义作家。但我需要的不是感情，而是激情，不是人，而是主人公，不是日常生活的真实面目，而是悲剧的真相。是的，我知道，我悲剧的主人公们，十二世纪的骑士们和吟游诗人们，实际上不过是一群野蛮、残忍、满口谎言之人，甚至比这些更糟糕。因此，我的任务更加光荣：从卑劣创造崇高，从残酷创造悲壮。我追求的并非是确切的历史真相，目的不在于重现生活本身。我将姐姐变成了妻子；从四兄弟中删除了两人，因为我不需要他们；剧中得知儿子去世的老国王死在了王位上，但历史上他又活了六年。此外，我追赶上了历史进程足足一百年。十二世纪方兴未艾、不断加强的君主集权制和日渐衰败的封建地主制，在我的作品中却行将结束。怎么回事呢？历史——是一种素材；我可以随心所欲地塑造它。所有的一切：生活、历史、日常事实——为了悲剧的情节我都可以牺牲。在西方这种任意性仍然是合法的。而在俄罗斯，要求作家成为一位历史学家和政治家。但我要向观众讲述的并不是历史，而是人类激情的悲剧！心理主义和现实主义在舞台上无法产生如此摧毁性的影响。从本质上讲，戏剧与无关紧要的生活和细腻的心理是不相关的。戏剧在于动态。但在俄罗斯，我们被教导必须追求、忠于现实，描绘真实的日常情感，描写"真正的"人。现在，取代了拉辛、雨果、莎士比亚，占领我们剧院的是细腻却枯燥的契诃夫的絮絮叨叨的心理戏剧。正是这——不是别的——带领戏剧走向死亡，然而这是"真实的"，这是"正确的"，并且不能有别的。每个人都呐喊着戏剧危机——每个人都在制作聪明的戏剧，没有任何行为，并伴随着堆积的生活和情绪。或者——现代派、未来派、意象派——运用谁都不曾用过的某些雕虫小技写戏剧，而这些技巧适用于任何创作，就是不适合于戏剧。长篇小说、中篇小说，勉强摆脱悲剧情节的规则，但戏剧绝对不行！生活、心理、形象、口头和舞台技巧——一切都必须从属于戏剧的错综复杂的情节。因为你可以进行各种各样的创新，但是有一些戏剧情节的规则不容违反。悲剧就是悲剧！因此，在一个不知道并且不想理解戏剧的国家，当我着手写戏剧的时候，我故意走向另一个极端。我试图赋予戏剧纯动作性，以求取代不加修饰生活，裸露聚焦的心理戏剧。也许，结果获得的是一个纯粹的情节戏剧——没关系！情节剧将拯救戏剧。情节戏剧是虚构的文学，但换来的则是舞台上的不朽！对我来说，戏剧的舞台性首先是最重要的。文学家们尽可以指责我的戏剧——但我对他们的评价并不耿耿于怀。这部悲剧的情节，在很大程度上，比《超越法律》更纯粹，更暴露。这次不仅在文学风格上具有如此隐患，我还以强化情节性来弱化对白——戏剧的第二个不可或缺的要素。这是一个缺陷。但我正在开始。我们必须从摒弃当代戏剧开始，折弯拐棍走向另一端。俄罗斯没有传统；在俄罗斯我没有老师。但我不想盲目地模仿西方。我面临一个重大危机：怎么让这个剧本听起来不像是翻译的？我竭尽全力避免这一点。我不能判断我是否避免了。在俄罗斯写一部悲剧是很困难的。最大的障碍是：怎么写呢？散文体？但在散文中，许多激情洋溢的地方听起来寡淡无趣。诗体？但什么样的诗呢？正经地采用五音步抑扬格创作。为什么呢？它用什么证明其有效呢？《鲍里斯·戈杜诺夫》是一部纯粹的文学剧，而不是一部舞台剧。在我看来，五音步抑扬格是不合适舞台的。它过于沉重，会干扰演员表演。现在是时候承认，用文学的诗行写戏剧是不可能的。于是我就走到诗上来；这是一种实验，并不是我的坚持。抑扬格赋予了高雅的悲剧。但这与五音步无关。我用"散文体"和"自由的抑扬格"创作了悲剧《伯特兰·德·伯恩》，根据语调、表演语体将诗句分为几行。有时为了加重语气我甚至引入了抑抑扬格和扬抑格。这不是散文，不是诗歌，而是舞台语体，有时是有节奏的。在写剧本时，我会倾听演员的表演。我的诗行分割是任意的。我听到的——演员可能听到另外的：随他改变我的台词吧。诗对我来说并不珍贵。还有一个我要强调的戏剧特点。这是其典型的特点。我试图找到一种比死亡更有力的悲剧性惩罚。这就是为什么在第四幕紧绷的气氛之后，在第五幕中，我削弱了外部效果，弱化了外部情节。但我想让惩罚更深，表现得不那么明确，但更有效，更具有行动力。我不知道是否成功做到了。我在伟大的革命期间完成了我的剧本，正是因为我生活在革命当中才能写出来。但不能简单粗暴地理解它是"时代的反映"。伯特兰本人的悲剧，他自由的悲剧并不是我们俄罗斯被剥夺了贵重物品的小市民的悲剧。两个主人公的悲剧交织在一个悲剧情节中：这是一个与国家权力斗争的人之悲剧，以及一个拥有这种权力的人的悲剧。

伯特兰想要违背奉献封建城堡给国王的历史潮流，夺回他的城堡。亨利希望成为国王，并希望自己快乐。而伯特兰的死，是因为"时代比人更强大"，而亨利的死，则是因为"国王不可能幸福"。我没能在革命前写完这个剧本，我并不是害怕那些进行唯物主义革命的人们——主人公，而不是那些人们！——嘲笑我的人们（至少是）。他们是主人公！——否定主人公，是要求现实主义的，说教的和朴实的。我知道这一点。但我还知道其他的。岁月即逝，现在所发出的平常的东西，将成为崇高的和美好的。我知道，现在反对英雄的人们将成为英雄。我知道，对琅施塔德的攻击，占领彼列科普，科尔尼洛夫的冰战，以及西伯利亚的党派战争将被称赞为非人性的英雄主义的壮举。这些歌曲和悲剧与实际发生过的历史事实并不怎么相像。但它们会比历史真相更美丽。

# 猿猴来了！

|出场人物|

丑角

戴帽子的年轻人

第一个农民

第二个农民

第一个小男孩

第二个小男孩

第三个小男孩

第四个小男孩

小女孩

警察

穿着卡拉库尔羔羊皮外套的太太

穿着臭鼬外套的妇女

中学生

大娘

职业小姐

发牢骚的资本家

穿着黑色衣服的年轻人

**穿着黑色衣服的老妇人**

**黑色头发的年轻太太**

**提台词者**

**年轻人（穿着红色衣服）**

**第一个小丑**

**第二个小丑**

**第三个小丑**

**第四个小丑**

**红军**

**政委**

**胖妇人**

**大厅里的观众**


一个大房间。在房间的左侧，安放着宏伟的石头圆柱、壁炉和金黄色的壁灯。前厅大墙是庞大的农用的木舍，墙上是一些高板层[①]和小窗户。右侧是圣彼得堡式顶间的小墙壁。每面墙边都放着舒适的家具。右侧是矮矮的小门。农舍只有前厅的墙上才有窗户。所有这些构造都使人觉得笨拙、有失常规，甚至显示出令人难以理解的古怪。

舞台上伸手不见五指。舞台之外是暴风雪的呼啸声。左边，圈椅上睡着丑角。右边，两个穿着短皮外衣和毡靴的农民破门而入，他们弯着腰，气喘吁吁。他们背后是一位穿着旧皮衣、戴着不规则皮帽子的年轻人。农民们手提着背包和袋子。戴帽子的年轻人手里则提着公文包。

---

① 设在农舍中顶棚下面暖炉与墙壁之间。

**戴帽子的年轻人**：听着，同志们。千万不能不敲门就强行进入别人的房子。（他环顾四周，咳嗽几声）周围好像没什么人。（他走进中间的舞台，又一次环顾四周）没人啊。

**第二个农民**（惊慌失措）：没有人回应。喂，谁在这儿，回应一下呗！

**第一个农民**：没什么回应，算了！（他摸索到前墙的板凳，坐了下来，把背包放在自己旁边）坐吧，希里亚耶夫。

**戴帽子的年轻人**：真不自在。毕竟……呵呵……毕竟，无论如何，这是别人的房子。

**第二个农民**：这个，这挺自然的……

**第一个农民**：没关系，过来，坐下，希里亚耶夫。

**第二个农民**：你打哪儿来的，真见鬼？

**第一个农民**：来这儿。过来。坐下吧。

**戴帽子的年轻人**（一阵沉默过后）：听着，同志们。我能加入你们的谈话吗？

**第二个农民**：坐吧，坐吧，板凳够大的，所有人都坐得下。

一阵沉默。戴帽子的年轻人在原地转来转去。

**戴帽子的年轻人**：这个鬼天气。我到现在也没弄明白，我是如何陷入这种境地的。我在大街上走着，伸手不见五指，暴风雪，积雪。鬼知道这是什么，根本不是天气呀。我一下子就迷失了方向，所有一切都混乱起了来，人行道消失了，房子不见了，灯火也没了。我，天啊，如果不是意外遇上这个房子，我真不知道会发生什么。我也是，确实想不到，不经邀请就贸然进来，是你们，同志们，你们坚持要进来的。

**第一个农民**：这儿有什么可看的——别人家的房子，不是别人的房子？我迷路了，看见有个门就进来了。对吧，希里亚耶夫？

**第二个农民**：我们不能白白进来的，我们会付钱的。

**戴帽子的年轻人**：可你们知道吗，我还是觉得惭愧。听着，同志们，你们有没有火柴？把房间点亮该多好，打火机，当然也没什么用。（他将火点上）

**人群中响起声音**：你要我的吗？

**戴帽子的年轻人**（哆嗦一下）：啊？这是什么？谁叫我了。不，好像没人。你们真的没有火柴吗？（起身）我去找找，看看这里有没有开关？（他沿着墙四处寻找）听着，这可是个农舍啊！

**第一个农民**：这就是个农舍。

**戴帽子的年轻人**：农舍怎么会在城市中间呢。好大的农舍啊，我走着，走着，墙还没走到头呢。（他走进角落里）这面墙是石头的。有圆柱，三角钢琴……搞不懂。

**第一个农民**：坐下吧，请便。你转来转去的，像中邪似的。看，希里亚耶夫睡着了。咱们安静些。

戴帽子的年轻人撞到睡着丑角的圈椅上。

**戴帽子的年轻人**：哎哟，什么东西？是人吗？

**丑角**（醒来）：真见鬼！（他狠狠打了戴帽子的年轻人）

**戴帽子的年轻人**（被撞到一边）：哼，哼……他还在打闹，我告诉过你们，未经许可不能擅自进入别人的房子。

**丑角**：不，对不起，你是谁？太黑了，我看不清楚。哎哟，上帝啊，这就是那个"戴着皮帽子的年轻人"！这是怎么了，我睡过头了？戏剧已经开始了吗？那为什么舞台仍是一片漆黑？听着，你，怎么称呼呢？戴皮帽子的年轻人，戏剧已经开始了吗？

**戴帽子的年轻人**：你是问我吗？什么戏剧呀？

**丑角**：不要装啦！快说，戏剧是不是已经开始了？快说啊，要是我睡过头了——那导演会责骂我的。

灯光亮起来，所有人都眯缝着眼睛。戴帽子的年轻人和第一个农民仔细看着。第二个农民在板凳上睡着了，头下面枕着背包。

**戴帽子的年轻人**：我什么也不明白。我是在哪儿？我怎么了？这个建筑是什么？墙外是什么？门，农舍，顶间？（他把脸面向观众）但是这个墙总有点让人想不明白，它是黑色的，什么都看不见。（他向着观众的方向走了几步）

**丑角**：喂，你，戴帽子的年轻人，悠着点儿！你跑那么快会跌倒撞到鼻子的。

**戴帽子的年轻人**：什么，难道这里是个大坑？

**丑角**：什么呀，真见鬼，大坑？你只是跑进乐队了。

**戴帽子的年轻人**：什么乐队？你糊弄我什么呢？（看着他）你身上穿的什么服装啊？您是小丑吗？

**丑角**：我是丑角。

**戴帽子的年轻人**（仔细看着）：请问，您打哪儿来，说实在的，这灯光是从哪儿来的？所有的灯都熄灭了，连个蜡烛都没有。

**丑角**：您是第一次来舞台吗？这是舞台的脚灯在闪亮。

**戴帽子的年轻人**：一定是疯了。也就是说，您是一小丑？

**丑角**：我刚刚才对您说过，我是丑角。

**戴帽子的年轻人**：您在马戏团上班吗？

**丑角**：我不是小丑，我是丑角，这部戏剧的丑角。

**戴帽子的年轻人**：哪部戏剧？

**丑角**：就是这个我和您在表演的戏剧。"密集的队列"，戏剧只有一幕，是革命内容。

**戴帽子的年轻人**：是这样。他——是那个（谨慎的）听着，请您告诉我，您究竟是谁呢？

**丑角**：我用俄语告诉你们，我是像你们一样的演员。我扮演丑角，我的职责就是逗观众们高兴。

**戴帽子的年轻人**：岂敢岂敢，我从来没有做过演员。

**丑角**：您可别开玩笑，您是演员。您的名字是迪利亚文。

**戴帽子的年轻人**（惊讶）：完全正确。您是打哪儿知道的？但是，我，说实话，我从来没有做过演员。

**丑角**：您就扮演戴皮帽子的年轻的傻瓜知识分子。您是一个傻瓜。

观众中响起笑声。

**戴帽子的年轻人**（委屈状）：你们是在犯迷糊吧！（他认真地面对着观众

的嘲笑）这是什么，像是某种野兽在吼叫？

**丑角**：这是观众席里的观众在笑，他们在嘲笑你的愚蠢呢。

**戴帽子的年轻人**：我请您不要再说这些愚蠢的俏皮话了（他迈着坚定的步伐走向乐队）我去瞧瞧，那里是什么野兽？

**丑角**：哎，别走。不会有什么好事的。你会掉入乐池里的。

**戴帽子的年轻人**：是的，您本人和您的乐队都会掉下去的。（他后退着，掉进了乐池里）

**丑角**（扶他爬起来）：您觉得怎么样？

**戴帽子的年轻人**（气喘吁吁）：扶我走到圈椅那儿去。我一点儿也不明白。

**丑角**：没啥需要证明的。您本人就是一个傻瓜。

**戴帽子的年轻人**：您给我听着！

**丑角**：那好吧，好吧。我不说了。但您要明白，我不是在说您，而是在说您的角色。您是一名演员。

**戴帽子的年轻人**：小丑先生，同志们，发点善心吧，停下吧！我累了，我要散架了。

**第一个农民**：太对了，停下吧。你看到没，人家都累了，你就少管闲事吧。不要转来转去，动个不停。

**丑角**：乡下的贫农！您好。

**第一个农民**：确实是贫农，你是谁？

**丑角**：我是丑角。你恐怕不知道什么是丑角吧？不！哎呀，我真蠢。我都忘了，我应该在戏剧最开始的时候宣读一下开场白。可我却睡过头了。但亡羊补牢，为时未晚。听着，伙计，我现在给你解释，我是谁，还有那些凑热闹以及在这里将你我当成傻瓜、眨巴着眼睛、什么都不懂的人们都是谁。是不是，同志们，你们感到无聊了吧？

**观众席的声音**：是无聊……啊……

**丑角**：没事儿。一会儿就会开心一些的。等一会儿，戏剧结束了还有宴席（茶点）。非常重要的宴席。

**观众席的声音**：是吗？

**丑角**：要是我撒谎，没有的话，让雷劈死我。加糖的茶水、小白面包、大馅饼。

观众席上响起赞美的声音。

**戴帽子的年轻人**：这个疯子在和谁说话呢？

**丑角**：同志们和居民们，请允许我做一下自我介绍：我是丑角。你们来此观看名为"密集的队列"这部优秀的、完美的戏剧，戏剧内容是有关革命的。

**第一个农民**：听着，好先生，稍等一下。我去叫希里亚耶夫去。让他来听一听，你说的话多有意思。希里亚耶夫，哦，希里亚耶夫！

**丑角**：同志们和居民们！当然，这部戏剧精彩绝伦，充满教益，但是，因为所有的教益都是很无聊的，为了怕你们因为小白面包和大馅饼分心，我在此逗笑和娱乐大家。同志们和居民们，我是丑角。我是一个特别好的丑角。我很擅长取悦观众。你们难道没有看出来吗？真徒劳。顺便说一句，这很好理解啊。你们看见没，我今天实在太累了。但是我不是醉鬼，不是。顺便说一句，那个，第一排的那个人，从他身上闻到好闻的变性酒的味道。听着，同志，您在哪里买的，啊？别担心，他们听不到。你们不想知道吗？等一下，您说什么？好的，等到戏剧结束后。只是，说好了，您可不能骗我。好了，我重复过了，同志们，我没有喝酒。但是今天早上三点我就排队弄木柴，整整一天我都用雪橇把它们运到很远的地方。所以，你们要原谅我，同志们。除此之外，为了使你们不感到无聊，我准备用手撑地走一会儿。这是我通常能够展现的好状态。（观众席中出现一个熟悉的身影）请问（摇晃着手），亚历山大·伊万诺维奇，我敬爱的，您星期天为什么没来找我？（他翻个跟头）

**第一个农民**：希里亚耶夫，哦，希里亚耶夫，醒醒，蠢货。快看！见鬼。

**戴帽子的年轻人**（得意的）：我说过，他是个疯子。

丑角沿墙翻着跟头。在这个时候，当他用手着地靠近右边门的时候，门突然打开了，把丑角给撞到了墙上。丑角在空中画了个弧线掉在地上。

一群带着香烟、馅饼和其他街头商品的男孩闯进房间，他们发出嘈杂的声音。

**第一个小男孩**：到这儿来，到这儿来。在这里他找不到我们的。

**第二个小男孩**：他在追我们。

**第三个小男孩**：他会找到我们的。

**第四个小男孩**：我担心。我们一起跑吧。

**小女孩**（躲在石头边）：我就躲在这儿。


**戴帽子的年轻人**：这是什么？这是强盗吗？

**第一个小男孩**：他追不上我们。他找不到我们。

**第二个小男孩**：把门关上。

**丑角**：喂，你们，谁在追你们？

**小男孩们**（争先恐后地）：警察。他把我们抓到角落里……我们卖过烟卷。他现在抓我们呢。

**第一个农民**：孩子们，那你们有黄花烟吗？

**第一、第二、第三个小男孩**：有，请吧。

**第四个小男孩**：我怕他追上咱们。

**男孩们**：斯托普卡，懦夫。


响起敲门声。


**男孩们**：啊，是警察。（躲到柱子后面）

**警察**(跑过来)：站住，不要跑啦。他们哪儿去了呢，真见鬼？（仔细看着）找不到他们。跑掉了。呃，等等。下次肯定跑不了。哎，上帝啊！我累得像条狗。（伴随着嘈杂声他坐在板凳上，重重地靠在墙上，以至于墙都摇晃了）

**丑角**(站起来)：听着，你，小心点儿，你这个粗鲁的小鬼！你把墙都压出窟窿了。这可是舞台布景啊。

**警察**：什么？

**丑角**：是舞台布景，你个愚蠢的家伙。要知道你在舞台上演戏剧呢。

**第一个农民**：在剧院？我们在剧院吗？希里亚耶夫，喂，希里亚耶夫，醒醒，他们跟你说话呢。我们是在剧院。

**第二个农民**（睡梦中）：哪有什么剧院啊？别缠着我了。

**警察**（对着丑角）：那你打算扮演什么，带条纹的小鬼吗？

**丑角**：我是丑角。（他翻了个跟头）

**小男孩们**：伙伴们，有杂技演员。有小丑。（小男孩们）急忙跑出来。

**警察**：啊，就是他们。站住！（他抓不住四个小男孩）

**小男孩们**（继续尖叫着，根本没有注意到警察）：杂技演员……杂技演员……

**小女孩**（从石头后面爬出来）：杂技演员。（她看到了警察，想躲到后面去；她发现神奇的丑角。）杂技演员！

**警察**：站住，不要跑了。全部带去警备司令部。

**第一个农民**：希里亚耶夫，你看看，可笑极了，天啊。

**丑角**：听着，警察同志，放了小伙子们吧。什么，当真，走散了？你要把他们带到哪儿去？外面是暴风雪，可冷了。

**警察**：见鬼去吧！都消失吧！

**小男孩们**（围着丑角）：叔叔，你跳一下，叔叔，再跳一下。

**丑角**：等会儿。我累了。（面对观众）你们看到了吗？他们很喜欢。那你们呢？不喜欢吗？尊敬的观众，别无聊哦。丑角的真心话——现在会更有趣的。

响起敲门声。

**丑角**：哎呀，有人来了。小心。请进。

进来两个穿着臭鼬外套的妇女。

**穿着臭鼬外套的妇女**：可以在这儿稍微暖和一下吗？暴风雪太大了。

**戴帽子的年轻人**：乐意效劳！

**穿着臭鼬外套的妇女**：我们这是到哪儿了？

**戴帽子的年轻人**：我自己也不知道。这是多么神奇的建造啊。主人不在，门大敞着。在这样的时刻。但是这里很暖和，你们知道现在是什么仪式吗？（让出圈椅）请见谅，坐吧。

**妇女们**（齐声）：哎，别担心，这里有很多圈椅。

舞台后面大叫声绵延不绝："敌人靠近了！敌人靠近了！"

**妇女们**（惊慌失措）：怎么回事？

**戴帽子的年轻人**：我也不知道。

墙外再次传来声音："敌人靠近了。敌人靠近了！"

**戴帽子的年轻人**：要知道，敌人在城口呢。可能是，哨兵的命令提醒我们有危险。

**妇女**：但是门外那么大的暴风雪。炮声都听不到。是谁在这样大叫？

**丑角**（彬彬有礼地）：让我来为你们解释一下，夫人，您是在戏剧舞台上。您可听见墙外暴风雪在怒吼?别担心,这是汽车中队的同志们在工作呢。这是红军战士萨哈罗夫的声音,他曾经是弗拉基米尔教堂的执事。也许你们什么时候也去过这个教堂?他曾是个优秀的辅祭,不一般的辅祭。

妇女们疑惑地注视着戴帽子的年轻人。

**戴帽子的年轻人**(静静地):妇女们,不要再关注他,他是个疯子。
**妇女们**:哎哟!(众人在恐惧中退后)
**丑角**:你们不要紧张,妇女们。(他指责戴帽子的年轻人,小声点)不要再关注他,他是个疯子。
**妇女们**:哎哟!(她们再一次后退)
**丑角**:嘿嘿,嘻嘻。(他在妇女和圈椅中间翻跟头)
**妇女们和戴帽子的年轻人**:哎哟,哎哟!(他们跳着跑到一边)

小男孩们围着丑角发出刺耳的尖叫声。

**小男孩们**:叔叔,再跳一次,叔叔,再跳一次!
**丑角**(对着第一个小男孩):不给我一个烟卷吗?

他往后退。

**丑角**(他对着第二个小男孩):你给我大馅饼吗?你不会给的!吝啬鬼会不幸的!

**第四个小男孩**：拿去吧，叔叔。

**小女孩**：从我这儿拿。

**丑角**：谢谢，孩子们。你们太好了，亲爱的。你们这些吝啬鬼，去吧。

**第一、第二、第三个小男孩**（感到难为情）：从我们这儿拿吧。

**丑角**：谢谢，孩子们。啊，现在我可富有了。（对着观众）嗨，你们中有谁想要馅饼的？

**观众中的声音**：给我们吧！

**丑角**：你吃吧。黄油饼不要吗？先给钱。

**声音**：大馅饼多少钱？

**第二个小男孩的声音**：馅饼怎么做的？

**丑角**：用肥料。

**第一个小男孩的声音**：别傻了。你想要十个吗？

**丑角**：谁想要更多？

**声音**：五十个，六十个！

**丑角**：请吧。（他抛向观众）

  观众中一阵喧哗。

**丑角**：怎么都撕碎了！

**声音**：对，这是纸做的。

**丑角**（大笑）：你以为，馅饼是用上等面粉，配上猪肉，做成油油的吗？在舞台上所有的馅饼都是纸质的。去你们的吧。（他把馅饼、烟卷、糖等撒向观众）

**小男孩们**：叔叔，叔叔，等等！你为什么这么做？我们难道是为了这个给你东西的吗？我们以为你会跳的，但你却把它们无偿地给了那些低贱的人！

**丑角**（面向观众）：你们听听他们是怎么骂你们的？儿童嘴里吐真情啊。拿你们的馅饼吧。

他在舞台上尖叫，弹跳着。他跑到妇女跟前，围着她们跳来跳去的。妇女们尖叫着远离他。他就跟着她们。

**丑角**：抓住她们，抓住！

小男孩们叫着追赶着妇女们，围着她们，发出刺耳的尖叫声，并叫来了那位戴帽子的年轻人来帮忙，他谨慎地躲在柱子后面。

**第一个农民**：哈哈，哎，我做不到。希里亚耶夫，看看，这些妇女们。

第二个农民不时伸伸懒腰，坐在板凳上。他们都哈哈大笑。

**妇女们**：亲爱的警察先生。警察同志！保护我们吧！看看，他都胡作非为了！停下，你们这些流氓。亲爱的警察先生。

**警察**（懒懒地）：哎，你，穿条纹的家伙，放下那些妇女！

丑角和小男孩们继续不停地嬉闹。

**妇女们**：警察！看在上帝的面上，警察！

**丑角**：你让警局安静点吧。时间一到，我们就不闹了。嗨，同志们，闹一阵儿也就行了。够了，我说。看见没有，妇女们都害怕了。需要我给您一把椅子吗？

**穿着臭鼬外套的妇女**：您这个无赖！

**穿着库拉库尔羔羊皮外套的太太**：饶了他吧，他就是个疯子。

  舞台后传来声音："敌人靠近了，敌人靠近了。"所有人都战栗了一下。

**丑角**：你们听见了吗？那个声音！那就是萨哈罗夫。（面向观众）他曾是个不怎么样的执事，对吗？谁和我打赌，你们都应该见过更好的执事，我赌十万美元，谁来？

**观众中的声音**：有这么回事。在我们察廖沃科克沙伊斯克的执事要更好一些。

**丑角**：你在说谎……萨哈罗夫是所有执事的执事。你说谎！

**观众中的声音**：你自己在说谎。

**丑角**：你别嘲笑我。不是自己的事就少管闲事。

**观众中的声音**：小声点儿，小声点儿。你够了。

**观众中的声音**：这怎么不关我的事了，如果我就是个执事呢。

**丑角**：察廖沃科克沙伊斯克的！

**观众中的声音**：他真是。

**丑角**：我现在算明白了。真是爱吹牛。不知羞耻的人啊！

  舞台后面传来杂乱的、沉重的脚步声。门朝右边开了，形形色色的人们挤满舞台。这里有大学生、中学生，肥胖的资产阶级分子，工人、士兵、船长、农民、女厨师、职员小姐们、女列车员、妇人们，还有其他普通人。他们分布在舞台的四面八方，带着疑惑的眼神看着这座建筑。声音嘈杂。问题从各个角落传来。谈着一样的话题，声音很大。人群分为几小堆，每一小堆都有着相应的话题。家庭主妇们谈论着高昂的价格，女厨师斥骂着吝啬鬼，投机商人在圆柱间交头接耳，一个人通过字母"e"同另一个通过"ять"的人争论。小男孩们出售烟卷和馅饼，妇女们围住庄稼汉买卖粮食。两个农民的包很快就空了，他们跟着另外一些农民爬上高板床睡着了。

**丑角**：慈悲的先生和仁慈的女士。同志们，请注意，不要吵闹，安静，安静。这里可不是在排队取木柴。安静些！

**大家伙**：安静，安静。

嘈杂声仍然持续不断。

**丑角**：安静。啊，上帝，我都扯着嗓子喊了。喂，萨哈罗夫，你倒是吼一声啊。

舞台背后的声音："敌人靠近了！敌人靠近了！"所有人都静止了。

**丑角**(面向观众)：你什么也得不到，察廖沃科克沙伊斯克的执事。你能做到吗？仁慈的公民们，欢迎你们来到这个和谐的住处。就我所看到的，你们所有人都是偶然来到这里的，你们不知道自己在哪儿，也不明白发生了什么。但这并不重要。就像在自家一样，位子很多，随便坐。然而，院子里是可怕的暴风雪。我们大概都是碰巧来到这里的。那我们接下来要做什么呢？难道要玩一个社交游戏吗？你们是怎么想的，同志们？

**中学生**：我们来玩方特吧![1]。

**大娘**：阿尔图尔，安静些。

**职业小姐**：我们跳舞吧。

**发牢骚的资本家**：但是我想知道，我们到底在哪儿。有可能，这是个陷阱，也有可能我们会被逮捕。现在我们在这样的贫民窟里过夜更加危险。这儿的主人是谁？守门人在哪儿？

**戴帽子的年轻人**：这里没什么守门的。一个人都没有。

**发牢骚的资本家**：也就是说，这里什么都没有？你打哪儿知道的？

**戴帽子的年轻人**：我比所有人都早到这里，除了这个疯子，我什么都没有找到。

舞台背后的声音："敌人靠近了，敌人靠近了。"一阵敲门声，沉默。又一阵敲门声依然在持续。

**丑角**：请进。

---

[1] 一种游戏，参加者抓阄并按其中所提出的题目做一件逗乐的事。

门开了。进来一个穿着黑色衣服的年轻人。沉默。

**穿着黑色衣服的年轻人**：不好意思,门外暴风雪太可怕了。我们迷路了。这里有灯光,暖和些。我们能进去吗?

**丑角**：请进,别拘束。我们都迷路了,你们和这里的所有人一样,都有这个权利。不用征求意见,请进吧。

**穿着黑色衣服的年轻人**：但不止我们这几个人。

**丑角**：那又怎样呢?把和你们一起的人也叫过来吧。这里足够容下我们所有人。

**穿着黑色衣服的年轻人**：我担心我们的同伴会使你们感到不自在。

**丑角**：哎,别拘束了!他是谁,你们的同伴吗?希望他不是执事。

**穿着黑色衣服的年轻人**：比这还糟糕,是个死人。

房间里出现一阵骚动。

**丑角**：怎么是死人呢?

**穿着黑色衣服的年轻人**：门外有口棺材,我们安葬了死者。

**丑角**：嗯,你说对了。你们的同伴不太受欢迎。但是,听着,你们可以把棺材放在门外,自己进来吧。要知道暴风雪是不会打扰他的。

**穿着黑色衣服的年轻人**：她们不同意。

**丑角**：她们都是谁?那儿有很多人吗?

**穿着黑色衣服的年轻人**：死者的妻子和妈妈。她们不同意抛下他。

**丑角**：哎,没什么。妇人之见。

**穿着黑色衣服的年轻人**：她们不同意抛下他。她们一刻都没有抛下过他。

一阵沉默。

**丑角**：那怎么办？要知道你们总不能因为他在大街上被冻死吧。哎，豁出去啦！同志们，事实上我们是害怕！我们害怕死者，是不是？同志们，让他们进来吧，进来哦？上帝会高兴的，上帝。

一阵骚动。声音："不要，不要，不要放他们进来。"

**丑角**：你们这些妇人。从某种程度上来说这是个英雄时代，你们却害怕死者。进来吧，同志，不要担心。带上你们的同伴。
**穿着黑色衣服的年轻人**：好惭愧哦，看来他们都很害怕呢。
**丑角**：要是谁让你们觉得拘束的话，不要在意他们。
**穿着黑色衣服的年轻人**：行，随您的便。

他出去了，又进来了。两个穿着黑色衣服的人抬着一个黑色的棺材。棺材的侧面站着两个穿着深色丧服，戴着黑色面纱的女人。

**穿着黑色衣服的年轻人**：把棺材放在这儿吧，放门口。

他们坐在不远处的板凳上。两个女人坐在棺材两侧的地上。一阵长久的沉默。

**丑角**：听着，女士们，你们坐在地上会着凉的。我给你们找张圈椅。

*穿着黑色衣服的妇女没有回答。一阵沉默。*

**丑角**：但是，真见鬼，真无聊。你们垂头丧气做什么？

*一阵沉默。*

**丑角**：我什么都不想了。今天的话剧太过古怪。话剧中没什么特别的。要传唤作者么？不方便啊。（*安静*）嗨，提台词的呢，提台词的呢？
**提台词者**（*从小室里传来小声的*）：啊？
**丑角**：听着，兄弟们，你们明白什么吗？
**提台词者**：什么也不明白。每个人都有自己喜欢的方式，我已经很久没有提台词了。
**丑角**：这之后就是报幕员该做的了。真是像狗一样的生活。你们说什么呢，真见鬼？快点儿，做些什么吧。

*一阵沉默。他翻个跟头。一阵沉默。*

**丑角**：这没什么用，我太失望了。都不知道想什么办法了。

*一阵沉默。*

**声音**：为什么要在晚上安葬他呢，还是在这样的天气？

**穿着黑色衣服的年轻人**：这是被枪毙的人。他被枪毙了，尸体留给他的妻子，为的就是能让妻子晚上安葬他。

一阵沉默。

**也是这样的声音**：为什么他被枪毙了？

**穿着黑色衣服的老妇人**：他之所以被枪毙，是因为他是一个真诚的人，是因为他为了正义的事情而奋斗，是因为他用生命与非法统治国家的暴徒做斗争。

**穿着黑色衣服，有着年轻嗓音的妇女**：他们没有罪。他是由于误会被枪毙的。

**声音**：他们中谁才是对的呢？他们说法不一。

一阵沉默。

**老妇人**：这些杀害他的刽子手真该死！啊，我神圣的烈士，我羡慕你，因为你已去了天堂。你的每一滴鲜血都会使杀害你的人增加一分煎熬。

**年轻的妇女**：不要这么说。不要咒骂无辜的人，他们不知道自己都做了什么。他们被欺骗了。他们没有罪。他也不是罪人。这其中发生了误会。

**穿着臭鼬外套的妇女**(对着白发的老妇人)：女士，请问您怎么称呼。我同情您。您……您……我在跟不幸人的妈妈说话呢。您的儿子是神圣的。我仇恨杀人犯。

**穿着卡拉库尔羔羊皮外套的太太**：玛利……呃，醒醒。

**戴帽子的年轻人**：是的，该说些什么！

**有这么个声音**：太饿了！

**另外一种声音**：太冷了！

**第三种声音**：真卑鄙！

**第四种声音**：这比死了还糟糕！

**丑角**：得了吧，又是这些陈词滥调。现在要谈土豆的话题，就会一直谈到明天早上。（面向观众）认真听了吗？啊？我都说什么了？

舞台上的人群激动起来，开始不停地唠叨，争执起来。传入耳朵的都是关于政府的骂人话。食品的价格以及政策谣言。到处是唉声叹气，诉苦声。所有人都在叫喊，所有人都激动，所有人都不安。人群都弯着腰，压低声音说话，就像喝了酒似的。人们忘了应该小心谨慎。喊叫声更加强烈了。所有人都寻找着，互相发泄。

**戴帽子的年轻人**（指着人群中的工人）：那到底是谁的错呢？到底是谁的错！他们把我们带到了这里，他们夺取政权。他们是暴徒。

**人群**（围成圆圈逼近工人）：他们的错……他们……流氓……游手好闲的人。他们把我们压迫到底层。他们剥夺了我们的面包、糖、面粉、钻石、褥垫、雨鞋、袜子、土豆……他们只给我们水喝，自己却贪婪着吃着白面包、馅饼、煎牛排，他们都吃撑了，粥、馅饼、牡蛎、伏特加。他们喝得烂醉。他们偷窃……他们为非作歹……他们破坏了教堂……他们夺走了我们的金钱。但我们有家具……我们有打字机。他们把我们抛弃在路边。他们杀害了我们的孩子、丈夫、亲人。他们夺走了我的自行车。我连半罐炼乳黄油都吃不上。

舞台背后的声音："敌人靠近了！敌人靠近了！他们来了。防御吧，他们靠近了。"所有人都不作声。

**人群中响起胜利的声音**：就要解放的……你们的王国即将灭亡，你们这些残暴的人。很快就会解放的。

**人群**：很快就会解放的！很快就会解放的！他们会来的……他们会来的……他们会来的……他们要解放我们。我们会有白面包和黄油。我们会拿回自己的钱。我们会得到自由。饭店会开门。他们会解放我们……他们会解放我们……

**一个人**：这是谎言……这是谎言……（跳到桌子上）这是谎言，我对你们说。这是谎言。

**人群**（悲惨的呼叫）：残忍的人啊……暴徒……

**一个人**：这是谎言，他们给我们自由的谎言，他们是谁？你们了解他们。你们不了解他们，你们没有见过他们，因为大雾和暴风雪包裹着这个城市。他们不是人，他们是野兽，他们是猿猴。猿猴的军队包围了我们。纵然我们是暴徒，但我们是人，而他们是毛发很长的野兽。你们想从他们那里得到解放，但他们来会杀死你们，他们会强奸你们，他们会撕碎你们。您，穿着臭鼬外套的妇女，当猿猴长满长长毛发的手把您抛在地面上时，当这些肥胖的野兽的牙齿咬到您柔软的面颊上,弯曲的脚爪划破您的胸脯时,您会咒骂谁?而您,带着孩子的妇女,当这些脚爪撕裂你们孩子的眼睛,并将其伸入你们的嘴里,让你们吞下;当锋利的牙齿咬伤你们的乳头为了尝尝你们的乳汁时,你们该呼唤谁呢?而您,穿皮大衣的,您愿意把您的血汗钱换成纸吗?而您,肥胖的犹太人,您将和自己的亲人投机取巧。你们听到暴风雪是如何号叫了吗?这就是他们在悲号,你们在等待的救世主,就是包围着城市的号叫着的猿猴。

一阵沉默。舞台背后的声音:"敌人靠近了!敌人靠近了!他靠近了!防御吧!敌人靠近了。"暴风雪呼啸声。

**人群中传出低沉的声音**:我有一个兄弟,曾在他们那儿。

> 我曾有一个女儿,去他们那里后再也没回来。
>
> 他们杀了我丈夫,因为他是犹太佬。
>
> 他们折磨我的父亲,儿子……儿子……儿子……
>
> 他们强奸了我的妻子……妻子……姐妹……女儿……女儿……女儿。

**一个人**:看吧,你们意识到了。你们不要再向我吼叫,说我在说谎。
**人群中的声音**(起初很胆怯,然后越来越确信):但是我们会死……我们
> 什么吃的都没有……我们很冷……我们很饿……

我们该如何做?我们的出路在哪儿?到处都是死亡。说他们是野兽,这是不对的。我的兄弟见过他们,他们是人,他们是和我们一样的

人……但是他们杀了我的丈夫……这不是真的……怎么就不是真的了？他们强奸了我的妻子……我的女儿……我的女儿……我的女儿……这不是真的……怎么不对了？我怎么说谎了？这是谎言……这是谎言……谎言，这不是谎言……他们给我们自由。他们给我们食物。他们给我们自由，他们解放我们。

他们给我们食物……他们给我们食物……他们给我们食物。

他们给我们出版自由。他们给我们食物……他们给我们食物……自由的言语……他们给我们面包……

**一个人**：那你们都在等他们吗？你们不相信我吗？你们说，他们给你们食物。他们给你们面包。那好。你们会得到属于你们的面包。你们听到了吗？你们听到了吗？你们会听到，他们闯进城市，他们来到这里，猿猴们……他们来了……

  舞台背后的声音："敌人闯进城市了！敌人爬进墙了。他们有武器。敌人闯进城市了。"暴风雪肆意怒吼。

**一个人**：去吧，你们就要见到你们的救世主了。等着吧，得到面包，猿猴的面包。你们听，他们来了。猿猴们来了。

  一阵狂风吹来。猿猴们来了。

  人群中一阵惊慌："猿猴来了！猿猴来了！救命呀猿猴们！救命呀！"人群沉浸在恐怖之中。怒吼的暴风雪卷着黄土，越来越强烈。

**一个人**：你们在担心什么？要知道，来的是你们的救世主，你们的猿猴们。猿猴来了。他们将给你们带来自由。他们将给你们带来面包，你们听见了吗——面包。猿猴来了。

暴风雪怒吼。人们更加惊慌了。传来尖叫声："关门"。人群立刻拥进门口关上了它。所有人都藏起来。高板床上睡着农民。门旁棺材两侧坐着的两个妇女在哀悼，她们不远处的板凳上坐着穿黑色衣服的年轻人。舞台后面的声音："敌人闯进城市了。他们带着武器！敌人闯进城市了！"处于恐怖之中的人群围着这个人。

**人群**：救救我们吧！救救我们！猿猴来了。救救我们，保护我们不受他们的伤害吧！

**一个人**：啊，现在你们想让我救你们了？你们现在需要我了？去吧，去见你们的救世主吧。他们会给你们面包的。

**人群**：我们不想要他们的面包。野兽来了。猿猴来了。他们会杀了我们的。救救我们吧！

　　猿猴来了！

一阵狂风袭来，所有人都突然屏息。一阵沉默。

舞台后面的声音："敌人被击退了。敌人被击退了。但是他在靠近。他在靠近。保持警惕！"。一阵沉默。人群惊慌失措挤进角落里。

**丑角**（受到人群惊慌的感染。面向观众）：你们看到了吧？这是怎样一个发疯的房子。当这个红衣服的大叫着"猿猴来了。猿猴开了"的时候，显然他自己都感到害怕了（他滑稽地模仿着）。他是从哪儿搞到这些猿猴的？当然是戏剧里。我什么都不明白，就请让我成为丑角吧。（安静）提台词者，喂，提台词者。他却跑了，卑鄙的家伙，他害怕了。然而，不能这样撒手不管啊。你们看看，躲到了各个角落里，乖乖地……而自己坐在那里，趾高气扬地。他们根本就是害怕了（对着穿红色衣服的人）。同志，你害怕自己的同胞吗？你看见没，这些愚蠢的家伙真的被吓坏了？先生们，请你们开心些吧，先生们，正在学习的年轻人，你们羞耻吧。需要想点什么事。先生，不要担心，快乐一些吧。先生们，女士们，惭愧吧！女士们都感到无聊了，可你们却躲在角落里。不要害怕了。戴皮帽子的先生，请带上女士们。红军战士，抽你们的烟吧，不要再苦恼了。歌手先生，请给我们唱些随便什么感伤的曲子。作家先生，请给我们看看你写的书，请写些感想，出版好的小品文。年轻人，老年人，小姐们，女士们，醒醒吧，真见鬼。孩子，你想去找妈妈吧，回家吧？不要担心，猿猴们不会来的，如果他们来了，那只会更有趣的，猿猴很善良，猿猴很滑稽的。哎哟，多么好笑啊！你们想让我介绍一下猿猴吗，哦，看吧。（他翻着跟头，跳来跳去，摇摆着，旋转着，他碰到所有人，缠着所有人。他把女人们手里装着汤的手提饭盒弄洒，夺走老人的拐杖，绊倒穿得漂亮的女人）

舞台重新活跃起来了。小男孩们对丑角的每一个把戏都报以尖叫声。渐渐地他们所有人都加入了他的活动中。大家跟着丑角开始跳动，中学生吵嚷着。男人们抽着烟，女人们在化妆。大家开始畅所欲言。年轻人接近着小姐们，妇女们讨论着家务、食品，肥胖的资本家趁机跑到角落里。每个人都忙起自己的事情。而丑角在人群中撒欢。

**丑角**：就这样，就这样。高兴起来吧，高兴起来吧！多点热气，多加点蒸气！高兴起来吧！

有人被音乐吸引。有人不知从哪里弄来手风琴，五音不全地唱着。有人吹着进行曲。所有人都在说话，活动着，嬉笑着。

**丑角**（浑厚的声音）：猿猴来了！

一阵慌乱。

**丑角**（发出哈哈大笑的声音）：哈哈，哈哈！他们害怕了……蠢货……（面向观众）你们看见这群傻瓜了吗？哈哈，哈哈，哈哈……（翻了个跟头）

人群轻松地笑起来。大家又重新恢复了生机。所有人的情绪都高涨起来。

**丑角**：音乐响起！

有人坐到大提琴前面开始伴舞。人群齐声开始演唱。有人喊道："跳舞。"立刻出现了一圈跳舞的人。所有人都在说话，在跳舞，在打闹，不分等级、阶级、年龄，一片狂欢。只有农民们坐在高板床上，在右边门口地板上黑色棺材的两侧坐着两个穿着丧服的女人,离她们不远处则是穿着黑色衣服的年轻人。

**丑角**:这就是我所理解的,这才是正事。(面向观众)同志们,现在开心点了吗?等等,还会有事情发生的。

突然,壁炉上面,一个小丑通过冒着烟的烟囱掉落下来,他后面还有一个,第二个,第三个。人群处于兴奋状态。

**第一个小丑**(带着浓厚的异族口音):你们好啊,你们生活得很开心嘛。所以我们来找你们了:我们敲了门,门锁着。我们就通过烟囱来了,我们是小丑。阿尔弗雷德、赛尔,过来,展示一下你们的才艺。

小丑们表演开始了。小丑们唱歌,跳来跳去,翻跟头,跳动着,他们说着马戏团的俏皮话,打闹着。人群围着他们尖叫着。

**丑角**:停下!这是什么?人们身后的是什么?先生们,先生们,停一下。这是小丑。不,鬼知道这是什么东西。(他抓住第一个小丑)站住,谁规定你来这里了?谁允许你来的?滚蛋!

**第一个小丑**:你才见鬼去吧。我们是小丑,来自马戏团。放我们进去,你也看见了,观众在等着我们呢。

**丑角**(激愤地):等一下。这可不是从别人手里夺回面包如此简单的事情了。我才是这里的丑角。要让观众高兴的是我,而不是你。

**人群**：放他进吧，放他……我们等着呢……放他，大家都跟你说呢。

**第二个小丑**（对丑角说）：那你又是谁？谁让你来的？

**丑角**：我是丑角，是这部戏的丑角。

**第三个小丑**：瞧瞧你自己。穿着条纹裤就认为自己也是小丑了。你在马戏团干过吗？你在工会里有位置吗？

**丑角**：我不是小丑。我——丑角，我是这部戏的丑角。

**第一个小丑**：哎，你少管闲事。也找到了猎奇的东西——丑角。别纠缠了，别管闲事了，不然情况会更糟的。同志们，这个穿条纹裤的总是扰乱我们的雅兴，把他拖走吧。

**人群**：别缠着我们了，别缠着了，走吧！

**丑角**：先生们，先生们，等一等。要知道我也会这样做的。你们看，我比他们还要好。

他翻跟头，模仿小丑，但这都是徒劳的。

小丑们的友善行动，丰富多彩，更适合人们娱乐。没有人再关注丑角。

**丑角**：同志们！先生们！你们看呐，大家都不看。忘恩负义。难道不是我把他们从忧郁中解救出来的吗？孩子们啊！他们去了那里。（面向观众）同志们，你们能不能帮我把这些无赖赶走。你们是如此着迷，不愿意看我了吧？你们认为他们跳得比我好吗？你们宁肯认为我是不学无术的人了？哦，这该死的戏剧！我什么都不明白。一切都混乱了，所有的事情都乱套了。谁都不清楚自己的角色，每个人都为所欲为。还有一些骗子。我该怎么办呢？先生们，你们醒醒吧。是我负责这个戏剧。这是一部革命戏剧，但却一点都没有反映出革命的内容。幕布，幕布。（面向观众）同志们，上帝，不要再关注这些疯子了。上帝啊，这里没有什么真话。可剧本是很好的，这是关于革命的剧本。

接下来的情节：晚上在被反革命军队围攻的城里，在这个房间里，聚集着一群人，有不同氏族的代表，社会各阶层的人。你们看，多么古怪的舞台布景——一面墙是农舍，另一面是城市的……这个是石头的，庭院式的，像述说着古老的秩序。那个……嗯……这些人对于革命政权的态度也各有不同。最后……嗯……最后，在经历了高谈阔论和优美的演讲之后，他们加入了红军……哈……细节嘛，正如你们所看到的，还不错，革命的……但是，这显然发生了一些误会。今天街上满是暴风雪，我们的城市，故意作对似的，真的被某种军队包围着，据说是猿猴们。但是，街上暴风雪肆虐，伸手不见五指，这些人闯进我们的舞台……嗯……嗯……一切都乱了……嗯，一切都扰乱了。

**观众中的声音**：哎，你，穿条纹裤的，上一边去，不要挡着我们看表演。

**丑角**：同志们，同志们，你们怎么能这样？（他转向正在吼叫的观众）先生们，先生们，小心点，不要碰到舞台布景了！

右边传来急促的敲门声。谁都没有注意到。敲门声更响了。声音："开门，开门，以革命政权的名义打开，开门。"舞台上的丑角安静下来:"谁在那儿?!"——"开门,以革命政权的名义打开,开门。我们要踹门了。""你是谁?"——"开门,搜查。"人们呆住了。"开门。"门发出爆裂声。

**丑角**:奶奶,真是一个倒霉的日子啊①。跳舞跳到让人不快。怎么,小丑先生,你们安静下来了?可找到治你们的办法了。(抓起衣兜儿)。哎,真见鬼,把文件给忘了。

舞台后面的声音:"哎,你,你到底开不开门?"

**丑角**:当然,同志们,没什么办法啊。开门吧。(他跳到门口)
**人群**:不行……不行……不能开。

门裂开了。

**丑角**:他们怎么把门给弄坏了?(他打开门)请进吧。

房间里拥进以政委为首的红军巡逻队员。

**政委**:这是什么聚会?城市处于封闭状态,所有聚会都被禁止了。你们有允许令吗?
**丑角**:您看见了吧,同志……这是话剧……革命的话剧……是以"红军

---

① 俄文为:Вот тебе, бабушка, и Юрьев день。意思是:瞧,又落空了;或令人失望至极。

万岁！"为主题的，革命的话剧，被认可的。

**政委**：你支支吾吾搪塞什么呢。站到门口去。有许可证吗？

**丑角**：请看。

**政委**："兹证明话剧《密集的队列》准许在剧院演出"。你们怎么地，在笑我吗？这里是什么剧院？什么演出？你们的证件呢?!！

**丑角**：我，你看，我忘带证件了。

**政委**：抓住他！

**丑角**：放开我，放开我……你没这个权力。我是著名的演员。

**政委**：我们认识你……逃兵。

**丑角**：同志们，同志们……说实话，我不是逃兵。我因病被放假。（安静）我有疝气。

**政委**：走，去一趟司令部，在那里会弄清楚的。先生们，都准备好文件。同事们，搜查！

红军战士们分散在舞台上，检查着文件，搜查着桌子下面，板凳下面。

大钢琴打开了。

**红军**：政委同志，这里有面粉。该怎么做呢？

**政委**：很多吗？

**红军**：有一普特。

**穿着臭鼬外套的妇女**：算了吧，这也就十磅。

**政委**：没收。

**穿着臭鼬外套的妇女**：政委先生，政委先生，怎么能这样呢？放下面粉吧……这不是我的面粉啊……这是我从几个农民那里买来的。

**政委**：是不是你的，这和我没关系。从你这里搜到的，那就从这里拿走。

**穿着臭鼬外套的妇女**：政委先生。听着，您没有这个权力。听着，您有这个权力吗?!

**穿着卡拉库尔羔羊皮外套的太太**：玛利亚，停下。不要卷进这场丑闻。难道你要和强盗理论吗？

**政委**：什么？我是强盗？你们的证件呢？

**穿着卡拉库尔羔羊皮外套的太太**：我没有证件。我跟着丈夫来的。

**政委**：逮捕。

**穿着卡拉库尔羔羊皮外套的太太**：你没有权力。

**政委**：不要狡辩了。（带着讥笑的语气）难道你能和强盗理论吗！

红军没收了食物。

**一个红军**(打量着胖妇人)：你真令人痛心，同志，太胖了。（握着她，试图伸进她的短上衣）

**胖妇人**：无赖！

**红军**：嘘，嘘……你安静点儿。

**另一个红军**(指着肥胖的资本家)：你是个投机商吧？脱下你的皮夹克。我们得看看你肚子里是不是藏东西了？奥尔洛夫，帮帮忙。

**胖妇人**：无赖！无赖！政委先生，快阻止他。政委！

一阵搜查蔓延开来。红军没收了从几个男人那里买的食物。他们搜查着,仔细搜遍衣兜儿。夺走男孩的东西。他们需要证明文件。有几个人被捕。他们中间有两个小丑,逮捕兴奋尖叫的丑角。人们不满,担心,尖叫,谩骂。

**人群**:放开……你们这些卑鄙的小人!这面包是用票从合作社买来的。恶棍!你,穿皮大衣的,保持沉默……叔叔,这不是我的烟卷,上帝啊,不是我的。我不是投机分子,放开……你登记卡片在哪里?……无赖……逮捕他……放开我儿子……在司令部会搞明白的……我钱包掉了……不要碰我,我自己脱……贼,坏蛋。恶棍。暴徒。安静点……安静点……暴徒……残暴的人……小心点……小偷……坏蛋……恶棍……

(到处是)极粗鲁的骂人话。人们围着红军,恐吓他们。

**政委**:安静!后退。都停下来。你们倒试试。我命令射击……后退……我命令射击。

**人群**:杀人犯……强盗……卑鄙小人……等等……我们的时代将要到来。他们喝我们的血,会来的……他们会来的。你们将为我们负责……我们还是会见面的……他们会来的……他们会来的……他们会来的……他们会来的……他们会来的,我们的拯救者……他们会跑遍城市……他们会来的……他们会来的……他们会向你们复仇的……我们等着他们……他们会来的……我们等着。

突然一阵雷声。闪电。布景颤抖着。舞台背后传来巨响:"敌人闯进城市了。敌人闯进城市了。救命啊,救命啊……敌人在城里。救命。猿猴来了。"雷声,闪电,轰隆声。舞台后震耳欲聋的野兽的吼叫声。尖叫:"猿猴来了。"

**人群**(越来越惊慌,红军夹杂在老百姓中,一个接一个盘查。小丑跟着丑角跑,男孩们跟着警察跑):猿猴来了。猿猴来了。救命……救命……猿猴来了。我们不希望他们来……猿猴来了……猿猴来了……猿猴来了……猿猴来了。

雷声。闪电。轰隆声。幕布颤抖着。舞台背后传来野兽的声音。尖叫声:"猿猴来了"。
一阵惊慌。

**一个人**(在之前的舞台上他不知道去哪了;大声地):镇静!镇静!筑起栅栏!所有人都到栅栏里。我们要击退他们。我们需要保持镇静。谁想去迎战?没人!谁想落入他们的脚掌?没人想!筑起栅栏。猿猴来了。老人,孩子,女人们。猿猴来了!所有人都到栅栏里去!

所有人都担心着,但是已经不再惊慌。雷声和闪电没有停止。时不时会有强烈的巨响和野兽的叫声带来短暂的恐慌,恐慌伴随着"猿猴来了"的尖叫,但是人们有力的呼唤恢复着秩序。

**人群**：筑起栅栏……筑起栅栏……镇静……镇静……所有人都到栅栏里……猿猴来了……救命啊……猿猴来了……猿猴来了……救命啊……镇静……镇静……筑起栅栏……所有人……所有人一起……所有人……叫醒男人们……叫醒男人们……所有人一起……筑起栅栏……筑起栅栏。（人们搬出圈椅、板凳、椅子、钢琴）用什么来构筑栅栏呢？在哪里构筑栅栏呢？我们什么都没有。我们用什么构筑栅栏呢？用什么来构筑栅栏呢？

**一个人**：把墙毁掉。

**人群**：把墙毁掉……把墙毁掉……筑起栅栏……所有人。所有人。猿猴来了。猿猴来了。帮帮忙。猿猴来了。镇静。筑起栅栏。把墙毁掉……把墙毁掉……把墙毁掉……所有人……所有人。你……还有你……所有人。到栅栏里去。猿猴来了……猿猴来了。筑起栅栏……

他们占据提台词的小屋。出现一个秃顶的提台词者。

**人群**：所有人。所有人。进到栅栏里！

提台词者和人群站到一起。

所有人……所有人……

舞台装置落下。它们被分成几部分，筑成栅栏。圆柱，石头，裙子，拐杖——所有的摆成一堆。只剩下棺材在那里。地上棺材两侧站着两个穿着丧服的女人。

**人群**：把棺材拖过来吧，筑起栅栏。棺材。筑起栅栏！

他们冲向棺材，拖动它。
在棺材两侧穿丧着服的女人们盯着棺材，不让别人动它。

**人群**：把棺材托到栅栏里。把女人们从它旁边拉开。把棺材放下。把棺材拖过来。把女人们拉开。把死人抛出去，把棺材拿来。放到栅栏中。

人们从棺材里抛出穿着黑色殓衣的死者。他随即也舞动起来，宛若跳来跳去。

**人群**：死人活了。死人活了。猿猴来了。猿猴来了。镇静。死人活了。死人朝我们过来了。死人走向我们。所有人到栅栏里。所有人。所有人。所有人。

死人和穿着丧服的两个女人加入到人群里，构筑栅栏。

**一个人**：到栅栏里。所有人一起……所有人……（面向观众）同志们，快过来。所有人。所有人。不要害怕。所有人一起反抗敌人。反抗野兽。猿猴来了。所有人一起反抗他们。为共同事业奋斗。

观众从观众席爬上舞台加入到人群里。

**人群**：这样，这样！所有人都到一起！所有人。农民，工人，知识分子，妇女们，先生们。所有人都到栅栏里。武装起来！武装起来！……猿猴来了！

不知从哪里拿来了枪支，军刀，斧子，叉子，棍棒。每个人都武装起来。舞台上出现了用板子、板块、石头、棺材等构筑的巨大的栅栏。人群在栅栏后等待着敌人。其中穿红色衣服的人拿着红色的旗子。雷声。闪电。舞台背后是愈来愈近的哭声和尖叫声："猿猴来了。"

# 真理城

### 三幕戏剧

## 前　言

按照作者的构思，这部戏剧的主人公不是单个的人，而是两类人，两类群体：士兵们与平等之城的居民。

所有市民全都一样，他们穿戴一样，迈着同样的步伐，说话低沉、生硬，并且单调。所有这些人构成统一的群众。

士兵——每个人都是独特的。衣服、嗓音、走路——他们每个人都有自己的方式，互不相同。这群人在每个舞台上变换着。从男人粗鲁的吵架声变成夸张的语调。每一个舞台面前，每一种风格转换之前，都有一个停顿，也都有一个舞台照明中的变换。

| 出场人物 |

**政委**

医生

忧郁的士兵

肥胖的士兵

快乐的士兵

年轻的士兵

年老的士兵

第一个士兵

第二个士兵

第三个士兵

第四个士兵

第五个士兵

万尼亚

平等之城的居民们：

 第一个元老

 第二个元老

 第三个元老

 第一个年轻人

 第二个年轻人

 第三个年轻人

 少女

 少年

# 第一幕

## （序幕）

### 第一场

幕布拉开。夜晚，漆黑一片。月亮照亮着一群士兵，他们包围着政委。所有人都极度虚弱，疲惫不堪，衣衫褴褛。他们穿着随便。有人穿着破旧的老式行军服，有人则穿着兽皮。不是所有人都佩戴枪支，有一些人拿着长矛，甚至是板斧。所有人都情绪高涨，围着政委；他们后面坐着一位医生，安详，微笑着。

**人群：** 向着俄罗斯前进！

**政委：**（刚开始说话有些激动，显得神经兮兮，之后变得越来越自信，恢复正常语气）就在那里！就在那里！那里就是俄罗斯！谁在俄罗斯的后面？中国，黄色的。让他咒骂吧！五年来我们的人死于小眼睛人之手，死于他人之国。死在别人那里，我们像牛一样劳动。你们该回家啦！回家？什么是家？你们听过那些善走路的人的讲述吗？家是真理，人们遵循真理生活。所有人都是平等的。除了劳动，听到没，劳动吧，没有谁会比你优秀。没有人会说："我比你富有。"不需要太多的金钱，不需要太多的财富。也没有人会说："我比你尊贵。"所有人的血液都是一样的，所有人都是红色的血液。你想在土地上劳作，那就有你的土地！你想成为工长，那就有你的机床！没有谁会拒绝你：劳动和吃饭——我不想！再不会有抢劫和偷窃，没有法庭和监狱，没有赋税和士兵。再不会有流血——只有和平！和平在木屋里，和平在家里，在田野上，在整个国家。因为所有人都是平等的。

*医生恶狠狠地笑着。所有人都不作声。一阵沉默。大家都情绪低落。*

**人群中发出怀疑的声音**：但是，我饿呀！
**另一种声音**：太饿了！
**人群**（跟着喊）：太累了！太累了！我们以前吃饱喝足！如今这里是死亡！
**忧郁的士兵**：你说得倒好，给我们饭啊！
**人群**：给饭吃！给饭吃！给饭吃！你把我们带到这里来，我们要吃饭！我们在那儿都住惯了。
**忧郁的士兵**：我们的妻子还在那儿呢。
**人群**（带着愤怒）：妻子！妻子！六个星期了！回去吧！为什么你领我们来这儿？回去吧！我不会再继续走了！还有我！还有我！回去吧！回去吧！回去吧！（他们紧紧地围住政委）
**政委**：你们饥饿？你们累了？你们会更加饥饿的！你们会喝尿的，你们连呕吐物都会吃的！但是，我们一定会到达的！
**人群**（逼近）：你撒谎！我不走啦！

**政委**：你们不想走了?随你们便!那就往回走吧。穿越戈壁沙漠。戈壁沙漠,你们听到了吗?我们走到这里花了六个星期——往回走要六个星期。你们明白吗?你们明白吗?不,兄弟们,你们会死的……或许你们能走到,或许你,又或许是你?花了六个星期穿越戈壁沙漠?

*人群沉默着,满是忧郁。*

**政委**：你们为什么都沉默了?怎么了?不是要打死我吗?来打死我吧。但一定要记住:往回走是无法到达的。

*人群后退了。*

**政委**(激昂的腔调):但是,往那里,往前,你们会到达的!只剩下一天的路程了,难道你们要抛弃一切返回吗?就一天,就一天!你们想起在中国吃的面包了么?你们还记得自己是怎么劳动的了吗,还记得身上的汗水和嘴唇流的鲜血吗?你们忘么?你们忘记在火堆旁为自己的祖国而哭泣了么?你们说的妻子呢?难道在俄罗斯没有你们的妻子么?不是瘦小的,不是黄皮肤的,不是沉默的鱼儿,而是你们真正的妻子,有着淡褐色头发的,彪悍的女人。你们难道忘了自己的孩子吗,你们亲生的孩子,他们有着淡黄色头发、短而翘的鼻子,长着和你们一样的眼睛,流着你们血液的孩子。只有一天了,一天,孩子们!

**人群**：向着俄罗斯前进!

**政委**：那饿肚子呢?

**人群**：向着俄罗斯前进!

**政委**：那你们在黄种人那里吃的面包呢?

**人群**：向着俄罗斯前进!

**政委**：那你们在中国睡的女人呢?

**人群**：向着俄罗斯前进!

**政委**：你们听着!第一个逃跑的人,我会打死他!还有,第一个倒下的人,我也会打死他!只有健康的人才能到达,病人只有死亡!

**人群**：向着俄罗斯前进!

**政委**：胜利。(摇摇晃晃)休息一下吧,同志们!要过夜了(想继续走也是不可能了)万尼亚!


　　万尼亚跑过来。


**政委**：亲爱的,带我到军大衣上躺会儿……我累了,我现在只想……我……(他在万尼亚肩旁睡着了)

**万尼亚**：政委!喂,政委,听得见吗?

**年老的士兵**：太累了,亲爱的,他太累了。

**医生**：他累了。他三天三夜都没睡了,担心你们会打死他!

**年老的士兵**：可医生,你不是在这儿嘛。


　　他们陪着政委走到角落里,把他平放在大衣上。


**政委**(在梦中叫喊):啊!啊!啊!

**万尼亚**（跑过来）：政委！

**政委**：万尼亚！万尼亚！（他紧紧地贴着万尼亚）

**万尼亚**（温柔地）：我在这儿呢，我在呢！

**政委**：万尼亚！只有你爱我……你要保护我，如果他们……我去睡觉……如果他们开始……一定要叫醒我，免得被打死……万尼亚……（他睡着了）

**万尼亚**：睡吧，睡吧……（他让政委躺下，然后到角落里和其他士兵待在一起。）

**医生**（站在政委面前）：一个可怕的人。


## 第二场

　　间歇。月亮照射着。政委躺在左边睡着。然后是医生。右边躺着士兵们。

**老人**：一定要祈祷，老兄！

　　一阵沉默。

**老人**：在做祷告吗？

**忧郁的士兵**：你见鬼去吧！你也想去俄罗斯，俄罗斯没有上帝！

**快乐的士兵**：他被毁灭了！（他一个人发出古怪的笑声，没有一个人理会他。)

一阵沉默。

**万尼亚**：雅沙叔叔！雅沙叔叔！你睡着了吗？

**第一个士兵**：睡着了。

**万尼亚**：可我睡不着。我一晚上都没睡着。我在考虑，政委说过的话。雅沙叔叔？

**第一个士兵**：走开，别缠我。

**第三个士兵**：我们太累了，太累了，该死的。

**第四个士兵**：我特别想知道，那里的土地是怎么分配的。

**忧郁的士兵**：这事肯定跑不了欺骗。骗人呗。

**第三个士兵**：大概，土地什么的都是没有的。所有的土地都会被据为己有的。

**忧郁的士兵**（高兴地）：那是自然！

**第四个士兵**：那给兄弟们多少呢？巴勒斯坦都一分为二了。

**快乐的士兵**：三俄尺，这就是给你和巴勒斯坦的。哈哈！

**万尼亚**：雅沙叔叔，是吗？雅沙叔叔！

**第一个士兵**：怎么了，坐不住的孩子！

**万尼亚**：我几乎记不清俄罗斯是什么样了，我那时候太小了，怎么办呢，雅沙叔叔？

**第一个士兵**：俄罗斯已被分裂，你会想念它的。

**万尼亚**：或许我记得它，但我不知道俄罗斯到底是真实的还是梦中的。我总是做些奇怪的梦。

**忧郁的士兵**：真是个蠢货啊。

**万尼亚**：俄罗斯整个都是蓝色的。我记得是这样的。天很蓝，森林也是，人也是。

**忧郁的士兵**：真是个糊涂虫。太不正常了。

**第一个士兵**：你等等，老兄。你有父母吗？

**万尼亚**：我记不得了。

**忧郁的士兵**：哎呀，真见鬼！（他显得不在意）

**第一个士兵**：笨蛋，你看着我，想想：父亲——爸爸，妈妈，记得吗？

**万尼亚**：没——没有。

**老人**：中国人会让孩子记性变差，打傻了，见鬼！

**万尼亚**（轻轻地）：哦，我有未婚妻！

　　一阵哈哈大笑。

**肥胖的士兵**：未婚妻？那你知道什么是未婚妻吗？

**快乐的士兵**：哈哈！你真是搞笑啊，未婚妻，她在哪儿呢？

**万尼亚**：在俄罗斯。

**第四个士兵**：好吧，可能还真有。

**万尼亚**：可我不记得。

　　一阵大笑。

**士兵们**：好个未婚夫啊，连未婚妻都忘记了！

**万尼亚**（诚实地）：我真的记不得了。她大大的脸盘，很白皙。她整个人都很白。更多的我就不记得了。（突然间振奋起来）当我在梦中看到她时，她变得光彩夺目，就像春天一样，哈哈哈！她身高和我差不多，很文静。当她走近我的时候，肩膀是如此宽阔，所有的一切都在我的胸怀里：空气，树木，沙子。（轻轻地）在我的梦里……

**忧郁的士兵**：如果是未婚妻的话，那你告诉我们，为什么她没有等到你就嫁人了呢？

**万尼亚**：怎么嫁人？

**忧郁的士兵**：很简单啊，你不在，她就嫁给别人了……

**万尼亚**（突然冒起火来）：那我就把他们杀掉！

一阵大笑。

**士兵们**：分手了吧，大力士，哎哟，小伙子！

**万尼亚**：我会杀了他们，把他和未婚妻一起杀掉，一定会的！

## 第三场

远处，黑暗中响起长长的喇叭号召声。

然后是钟声。受伤的士兵们停滞不前。一阵短暂的沉默。

**畏怯的声音**：怎么了？怎么了？怎么了？

**所有人**（立刻）：听见了么？听见了么？我听到钟声了！我听到了，我听到了，怎么回事？

**年轻的士兵**（跳起来）：这是俄罗斯！战士们，我们到了，我们到了，战士们！俄罗斯！

一阵喧哗的、热情的气息袭来——所有的人都站起了来。

**年轻的士兵**：战士们！家！家！我们的家！这是我们的，这些沙土，这些土地是我们的。战士们，这是我们的！

黑暗中再次传来钟声。战士们发疯似的互相拥抱，互相亲吻，有几个差点哭起来。

**士兵们**：号角在响！号角在响！钟声！兄弟们啊！不要哭，蠢货！明天就回家啦！家！回家！政委呢？政委没有听到吗？政委！起来啦！等一下，他也睡了，医生，医生，你听到了么？

**医生**（非常大声地）：我什么都没有听到。

**士兵们**（慌乱地，有一刻默不作声，然后一切又恢复原样）：怎么会没听到呢？俄罗斯！怎么样？喇叭在鸣响！我们到了，到俄罗斯了！

**医生**：胡说！（从地上慵懒地起来）什么俄罗斯？废话，我说！俄罗斯在哪儿呢？夜晚，在黑暗中突然响起号角声吗？说胡话吧！谁听到了？……我什么都没听到，什么都没听到……谁听到了？你听到了？

士兵们退后。

**医生**：或者是你听到了？你们之中谁听到了，真见鬼！

闲扯的士兵们沉默了。

**医生**（躺在地上）：最好躺下吧。到了早晨我们再看看：谁也没有听到什么。

士兵们很困惑，沉默寡言。

**医生**（小声地）：但是我听到了，我！这意味着，我们到了吗？我们到了。我们找到天堂了。往回走，往回走还不晚！（他俯身看看睡着的政委）你以为我信任你吗，你个扯谎的人。天堂在这大地上，所有的人都一个样？真理，公平，幸福？……即便是这样，即便是真的，我也不想要你的天堂！……我不希望你们到达。你们去死吧，我和你们一起，但我不会被允许去那儿。不，不！我恨你的天堂！往回走吧！现在往回走还不晚！

一阵沉默。

第四场


**老人**：最好做下祷告吧，最好还是做一下？

　　一阵沉默。

**老人**：祷告吗？
**忧郁的士兵**：过来，到这儿来，蠢货。
**肥胖的士兵**：上帝啊，哈哈！在田野上喝西北风吧。
**士兵们**(戏弄着)：老爷爷，生气啦！那就惩罚我们吧，无神论者！你不祷告又能怎么样啊？
**老人**：我祷告，我祷告。
**士兵们**：啊，太可怕了！啊，太可怕了！啊，要死了！（嘲笑声）

　　老人走到角落里开始祷告，画十字。

**士兵们**：为什么不大点声？老爷爷？你害怕吗？你的上帝在哪儿呢？他是什么样的？老爷爷，您这是要劈死我们吗？

　　老人继续安详地祷告。嘲笑声没了。一切都很安静。

**第一个士兵**（犹豫不决，小声地）：关于土地的事情别忘了！

**第二个士兵**（跟着喊）：为了找到我们活着的亲人，为了使他们不忘记我们……

**第三个士兵**：关于土地，关于土地的问题……

**第四个士兵**：为了森林……

**第五个士兵**：还有河流……

士兵们一个个围着老人。只有忧郁的人不断地嘲笑着他们。

**忧郁的士兵**：流氓！真是不幸的乞丐啊！真倔！你撒谎，没有上帝，没有，你个骗子！

谁都没有在意这个忧郁的人。他沉默着。

然后他犹豫着起身，向老人走去。

**忧郁的士兵**：你，还是别向他抱怨我……他当然是个骗子，但谁了解他呢……听到了吗？

士兵们四散开来，陷入沉默。

**医生**（向士兵们走近）：怎么还没睡呢，朋友们？

**第三个士兵**：去哪儿？政委生气了。

**第二个士兵**：已经分配好了……

**忧郁的士兵**：或者他在骗我们……

**第一个士兵**：请告诉我们，不要睡熟：无论如何也不能。这不，医生也不能。

**快乐的士兵**：就连医生也不能熟睡。哈哈哈。（哈哈大笑起来）

**第二个士兵**：医生也是人啊。

**第三个士兵**：医生也在等他，也想回家。

**医生**：不，朋友们！我太饿了，以至于无法入睡。

**声音**（惊异）：太饿了？真的是太饿了？

**医生**：怎么，难道你们不饥肠辘辘吗？

**第四个士兵**：大家都是人。

**第一个士兵**：是你说的，医生说"饿"，真的饿！之前没有，没有注意到，只是想着祖国来着。

**肥胖的士兵**：祖国归祖国，可它也不影响吃饭啊。

**医生**：当然！这样半饥半饱的生活，就剩一天了……

赞许声不断。

**医生**（温柔地）：不管那里怎么样，在中国是能吃饱的。一天吃两顿饭。

**第二个士兵**：还要喝茶，加糖……

**老人**：哦，我的天啊！

**肥胖的士兵**：呸！（毫不在意）

**医生**：想想吧——周五有煮好的肉，配上米饭，面包，想吃多少就有多少。

**第三个士兵**：哪怕哭……

**肥胖的士兵**：还有羊肉呢。

**第四个士兵**：哎哟，你想想，羊……

**肥胖的士兵**：羊有什么不好的？

**第二个士兵**：还有人。

**忧郁的士兵**：政委在说谎，谁来监督他。

**第一个士兵**：就是这样的。工作曾像是服苦役。

**医生**：可在哪儿都应该劳动。你想想，在俄罗斯能不劳动吗？日日夜夜地劳动。在这里，如果你想，那就工作，如果你不想，就不工作，而那里可能是公社！

**第四个士兵**：可是，你胆敢抱怨：我不想！

**医生**：那就处死你。

**第一个士兵**：但是……但是？

*疑惑不解的怨声响起。*

**万尼亚**(响亮地，愤怒地)：真让人羞耻，真让人羞耻，同志们。政委说出了真理，政委睡着了，但要回去的话！……真让人羞愧！

**忧郁的士兵**：……傻瓜是不会幸福的！

**万尼亚**：不，我相信……政委睡着了，你们就这样……

**第一个士兵**：说的就是这个。

**第二个士兵**：只剩下一天的路程了。

**第三个士兵**：明天就回家了。

**所有人**：家！家！明天！

## 第五场

黑暗中再次传来铜号声般的号召。

**士兵们**：啊！号声！啊！家！我们到了（围着医生）医生，你听啊！混蛋！人们怎么还发昏呢？你现在听，蠢货！……

**医生**：听！胡狼在嗥叫。在沙漠上嗥叫，胡狼啊，就是这样。

战士们都不说话了，一阵沉默。

**医生**（大声笑起来）：你们这些傻瓜们什么都相信。你们很轻松地说出"明天回家"这种话会让你们失望的。哈哈哈！

**士兵们**：怎么了？怎么了？政委？政委说的！

**医生**：也许是这样，但无法让人相信。为什么呢，你们想听听我的想法吗？我们走了六个星期了，还剩六个月要走，是的！

可怕的停顿。

**医生**：在中国有女人。可我们抛弃了她们，就像是成了修士。但有人告诉他说："我们将来到俄罗斯，妻子已经等得不耐烦了，被别人领走了，但那里现在已经禁止纵欲了，哦，特别严格呢。"

**人群中响起声音**：女人会……

第六场


天破晓了。在舞台的后面，城市的轮廓显现出来：低矮的房屋，棕榈，塔楼。

从舞台上望过去，谁都没有注意到城市，只有观众能看到。


**忧郁的士兵**（跳起来）：往回走！

**所有人**：往回走！不能再继续了！政委撒谎！往回走！往回走！

**万尼亚**（叫醒政委）：政委，醒醒，快醒醒，政委！

**政委**（很困难地起身）：啊？

**士兵们**（逼近）：你撒谎！你撒谎！我们不走了！往回走！饿！流氓！不要再欺骗了！我们不走了！

**政委**：安静！

**士兵们**：我们不走了！

**政委**：听我说：安静！


战士们不说话了，迟疑地看着对方。医生躲在后面。


**政委**：什么？你们到底要什么？出来一个人说话！


战士们推搡着，纷纷退后。

**政委**：为什么不说话？随便谁说都行。

**忧郁的士兵**：好吧，我说，我说。

人群高兴地在后面挤来挤去。

你真是够了，政委，你撒谎。说吧，我们什么时候能到？明天吗？

**士兵们**：明天？说是明天吗？（他们气喘吁吁，等待着答案）

**政委**（沉稳地）：如果不是呢？如果不是经过一天，两天，而是经过22天才能到达，那又会怎么样呢？

人群中响起绝望的、愤怒的喊叫。

**忧郁的士兵**：那时候，那时候要吃饭啊！要吃饭啊！

**士兵们**：吃饭！吃饭！（他们逼近了，最前面是忧郁的士兵）

**政委**：吃饭？吃饭？还有呢？（他举起手枪射向忧郁的士兵）

忧郁的人倒在地上。

**快乐的士兵**：你就是这样给吃的吗？哈哈哈！

他的粗野的笑声回响在一片寂静之中。快乐的士兵突然停止了笑声。人群在一边，政委在另一边，他们紧张地准备扑向他。太阳升起来了。城市清晰可见。第三次响起响亮的、清晰的铜号似的号召。

**万尼亚**（狂呼）：城市！

所有的人都转身，在这幅美好的画面前停滞了。一片沉寂。

三个元老慢慢走过来。

**第一个元老**（他的声音很生硬，让人不悦，单调）：我们的城市是真理之城，是平等之城。我们孤零零的，在沙漠中。你们是第一个来到这里的，世界是你们的。我们所有人都是平等的。我们平等地工作，平等地生活。你们寻找真理，寻找幸福，寻找工作。来吧，一起工作，和我们生活在一起。（他慢慢靠近忧郁的人的尸体）这是谁？

**政委**：我打死了他！

**第一个元老**：什么叫"打死"？

落幕

## 第二幕

(灾难)

### 第一场

平等之城的广场上。舞台右边是小山丘。山丘的顶端就是广场，广场面向观众大敞着，剩下的舞台被灌木丛遮挡。舞台左边是个小石岗。在幕布升起前，舞台一片黑暗。太阳升起：山丘的顶端被右边升起的第一缕阳光照亮，舞台其他地方仍处在黑暗之中。山顶，少男少女在亲吻着。灌木丛被拨开，万尼亚手持着矛跑了过来，把矛刺向了少年。矛刺穿的是两个人：少男和少女。他俩有一刻站在那里一动不动。然后才倒了下来。他们那样躺着，是被矛穿透扎死的。阳光照射着尸体。万尼亚消失了。太阳照亮了整个舞台。

### 第二场

左边，在山丘上出现了城市元老，他迈着有节奏的步伐走来。

**第一个元老**：新的太阳。

**第二个元老**：又是新的一天。

**第三个元老**：它带来了幸福。

  他们坐在地上。

**第一个元老**：我们都是这个城市的元老。

**第二个元老**：我们掌管着这个城市。

**第三个元老**：直到我们死去。

**第一个元老**：那时其他人会来到我们这儿。

**第二个元老**：将要掌管我们的城市。

**第三个元老**：直到他们也死去。

**第一个元老**：今天要讨论什么话题呢？

**第二、三个元老**：外来人。

**第一个元老**：他们来这儿二十天了。你们为此感到高兴吗？

**第二、三个元老**：不高兴。

**第一个元老**：说说吧。

**第二个元老**：陌生人不像我们。他们互不相似。每个人都是特别的。

**第二、三个元老**：他们不是我们的人。

**第二个元老**：真是让我们惊慌不安，令人震惊啊。他们很能说话，还很忙碌。说话轻声细语，但思想却很可怕。他们的语言虽然中断了，可思想却没有停止，而且更加急速地运转。

**第二、三个元老**：他们不是我们的人。

**第二个元老**：他们干活并不稳妥。有时候一天做完所有的，有时候什么都不做。他们逃避工作。不按时睡觉，连饭也不按时吃。

**第二、三个元老**：没有规矩和法律。这不算人啊。

**第一个元老**：我们该拿他们怎么办？

**第二、三个元老**：赶走他们。

**第二个元老**：他们毁坏了城市。

**第三个首领**：他们破坏了规矩。

**第二个元老**：他们欺骗这里的年轻人。

**第二、三个元老**：赶走他们。

短暂的沉默。

**第一个元老**：等等。（起身）我们告诉过他们了。

**第二、三个元老**（起身）：我们已经说过了。（慢慢离开）


## 第三场


太阳光线愈加强烈。一位姑娘站在年轻的士兵后面。

**年轻的士兵**：等等，姑娘，你离开我要去哪儿？

**少女**（像所有居民一样粗鲁地回答）：工作！

**年轻的士兵**：工作可以暂缓，但嘴唇却迫不及待，我要吻你。

**少女**（试图离开）：我要工作啦。

**年轻的士兵**：难道昨天你没吻过我吗？

**少女**：但现在得工作啦。

**年轻的士兵**：忘掉工作吧。

**少女**（吃惊地）：没有工作怎么能生活呢？

**年轻的士兵**：为了爱！啊，亲爱的，我问你，你爱我吗？

**少女**：我爱所有人。

**年轻的士兵**：不是所有人，只能是一个人。

**少女**：为什么？

**年轻的士兵**：这样就会很甜美。当你看到他比所有人都优秀，比所有人都美好，你难道不会因此而被触动吗？当他爱上别的姑娘的时候，你不会因他每到夜晚而掩面哭泣吗？

**少女**：那就爱吧。

**年轻的士兵**：如果我亲吻别的姑娘，你不会受伤吗，姑娘？

**少女**：那就亲吻吧。

**年轻的士兵**：啊，我可怜的姑娘，你并未爱过我……当你只爱一个人的时候，你不会看别的什么人。你将每时每刻都躲在角落里，为的是能够看到他，为的是能够悄悄靠近他，然后亲吻他走过的痕迹。你会害怕他转身，但同时你又希望他转身。你将害怕他看不到你，但同时又担心他看到你，走向你，拥抱你，去亲吻你的双唇……亲爱的，当他转身并且看到你的时候，难道你的心不会因此而触动吗？你难道不会抬起头来迎上他吗？如果他和你牵手，拥抱着你欢呼呢？亲爱的，你会怎么做？

**少女**（小声地）：干活吧！

**年轻的士兵**：如果他抱着你，把你放在草地上。然后倒向你，就像太阳光照射着大地，穿过你，就像光线穿过土地、黑暗、心灵……然后过了一年，当一个孩子出生在你身边，他们怀孕，他们相亲相爱，那时候你还会想着工作吗？亲爱的……

长时间的拥吻。

**快乐的士兵**：嗯，是的，姑娘。那谁来干活呢？

**少女**(惊慌失措地大叫起来)：哎呀！（用响亮的声音大叫，真不明白他是怎么了）这是什么呀？

**快乐的士兵**：你害怕了！是第一次吧！你害怕了！你害怕了！

**少女**（紧贴着少年，犹犹豫豫地）：工作……

**快乐的士兵**：我们一起工作。（他想亲吻姑娘，姑娘推开他，他摔倒了。）

**少女**（走向少年）：我来亲吻你吧，你会感觉更好。

**快乐的士兵**：真是太好啦，她坠入了爱河。虽然不是和我，但还是恭喜你们！看到没？我们可以改变当地人。什么，我们不会因为逃避干活而受到惩罚？

**少女**：什么是"惩罚"？

**快乐的士兵**：他们什么都不懂！呃，就是狠狠揍一顿……

**少女**：为什么？

**快乐的士兵**：哦，我的上帝啊，当然是为了让他们劳役。

**少女**：这太痛苦了。

**快乐的士兵**：这就是打他们的目的，就是为了让他们感到痛。

**少女**：不，在我们这里不能打他们。

**快乐的士兵**：假如不打他们，那为什么你们还要干活呢？哈哈哈哈！哈哈哈哈！（为自己的机智不由得哈哈大笑）

**少女**：你怎么了？他们又怎么了？

**年轻的士兵**：什么？

**少女**：这，这……他如此奇怪地大叫，还有他的嘴……

　　快乐的人笑得更加厉害了。

**年轻的士兵**：他在嘲笑你呢。

**快乐的士兵**：是，嘲笑！嘲笑！嘲笑！嘲笑！哈哈！（跳舞，扮鬼脸）

**少女**（开始笑起来）：什么？这是什么？

**快乐的士兵**：哎哟，老兄，她笑了。天呐，她笑了！

**少女**：什么？哈哈哈！（和少年亲吻，然后随他跑开了）

**快乐的士兵**：哈哈！这少男少女啊。（他跟着他们跑了）

　　医生和政委走了过来。

**医生**：我看到了，我很生气。

**政委**（目送着跑开的人）：少女笑了，看见了吧，医生？

　　政委显得很惊讶，转过身来。

拉倒吧，在平等之城嘲笑别人！没有人会哭或者笑，也没有人会生气或者害怕。所有人都是平等的，都是幸福的。

**政委**（忧郁）：放弃吧，医生！

**医生**：我不会的，我不会的……你比我会说，政委，但要知道你今天没有劳动干活吧？

**政委**：没干活。

**医生**（带着嘲笑的语气）：政委？你？你破坏了神圣的规矩。

**政委**：医生！我不能……我不能这样干活。像被规定好的，像一个木头人似的，我不能这样！

**医生**（安静又狂喜）：这可是个平等的帝国！

**政委**：就为了让谁开心，叫喊，哭泣，不！他们沉默和干活，沉默，吃饭和沉默。他们不明白什么是歌唱，娱乐，兴奋。你想打他们，抑或是救济他们：他们都不理解，为什么打他们，他们甚至都不生气——他们学不会这个。

**医生**：教他们。你知道的，可以把小老虎看作小狗来喂养。但是当它看到流血的时候——一切都白费了：猛兽被唤醒了。这就是他们，（像）天空的羔羊，但他们会闻到血——他们将成为我们这样的劫匪。

**政委**：医生，医生！我不想要这样的幸福，这样的平等。我想生活。

**医生**：但生活是不公平的。我亲爱的，在生活中有富人也有穷人，有智者也有愚者。

*一群人走过来，士兵抓住他们。*

第三个士兵：伙食呢，肚子都饿得受不了啦。

第一个士兵：玛丽娜！这么干活可不怎么样……

老人（傲慢地看着）：不论到哪儿都套上衣服！

第四个士兵：我告诉你一句话：无聊！

所有人（跟着附和）：无聊！无聊！

第二个士兵：和当地人一起一点劲儿都没有。

第五个士兵：这不是人，是衣架儿，他们身上挂着裙子，他们就穿着。

第一个士兵：他们很可能是神圣的，但是他们比较忧郁——激情！

老人：对话者没什么吸引力。

第三个士兵：他们起床，吃饭，就像钟摆一样。

第五个士兵：总之，一句话——挂衣架儿。衣服挂在他们身上，他们就穿着。

第一个士兵：为了用美好的字眼来形容美，不，不，一切都按部就班，他们不会说多余的话。

第二个士兵：最简单的词他们都不懂。他们不说"我的""你的"，所有的"我们"都是"我们的"。

第一个士兵：不，他们生活得很好，没有争执，但只是会变得无法忍受。

第三个士兵：什么都没有，他们的妇女很呆板……

愤怒爆发了。

第一个士兵：呸！根本就不是女人，好像什么事都没有，找谁都行……

第三个士兵：就是这样，不拒绝的话，很糟糕。任何人都同意。如果按照法律来相爱是没有意思的,最好是打他一嘴脸……

**第四个士兵**:你若来了,请,其他人来了——每个人都有足够的空间。我们可都是男性。

**老人**:一群行为放荡的人。

**第六个士兵**(一直沉默):为了他们,有点爱好吧。就像木头人一样,上帝原谅!适可而止吧,上帝原谅!

**第五个士兵**:他们喜欢的就像挂衣架儿,上帝。

**第四个士兵**:带着你的挂衣架出去!这比吃苦萝卜还令人厌倦。

**第三个士兵**:我叫了一个富农打架。"为什么",他问道。

议论纷纷的声音。

**所有人**(立刻):为什么?为什么?他们总是问为什么?总是在重复为什么。一个人应该学会工作。

肥胖的人拉着少年走进来。

**肥胖的人**:不,你说谎,进来,进来。

士兵们围着他们。

**很多声音传来**:怎么了?他做什么了?你呀,胖子,放开他!

少年不敢反抗,环顾四周,精神恍惚。

第二个士兵：住手，胖子，放开他。他也是人啊。

肥胖的人：是他！你们看，他偷走了我的腰带。

少年：什么是"偷"？

士兵们：真见鬼！过会儿再跟他说这个。

少年：我需要一个腰带……你有两个，我就拿了一个。

第二个士兵：没有问一下就拿的吗？

少年：为什么要问呢？

肥胖的人：站住，这是谁的腰带：你的还是我的？

少年：什么是"我的"？

　　一阵嘲笑和奚落。

肥胖的人：你不明白？你不明白吗？是这样的，这是我的（指着自己的
　　　　　腰带），这是你的（朝他脸上打）。

少年：你为什么打我？

所有人：又是为什么！哎哟哟，你呀，你这个人啊！

肥胖的人：为什么？为什么？看，这就是为什么。（打了他一次又一次）

　　少年退到山丘，胖子跟着他。少年满是泪水。

士兵们：他哭了！多么令人振奋啊！胖子，站住！

　　少年哭着爬上山丘。他走近了那个躺着尸体的广场。他没有接近他们，突然他开始反击，他打了那个胖子。

**士兵们**：哦，哦，哦！不错啊，小伙子！不错！政委和医生来了。

**医生**：我们的教育开始有效了。

**政委**（快速地走近胖子）：谁先动手的？你？回答我，胖子！

**胖子**：他先动手的……

**政委**：给你们吃，给你们穿，把你们从死亡边上救出来，而你们呢？

**来自人群的声音**：无聊！……

**士兵们**：无聊！无聊！

**医生**（走向政委）：是你自己说的……

**政委**（很安静）：我只告诉过你一个人，但对他们说：安静！……

**医生**：好。

**政委**：安静！

医生双手环抱着肩膀。

**政委**：这是最后一次了！否则……

**人群中的声音**：你自己今天还没干活呢，你叫什么叫！

政委发疯似的看着这一切。士兵们惊慌失措地后退。

## 第四场

中午,太阳光尤其刺眼。钟声响起。士兵们聚集到山丘右侧,坐在一起,中间是政委。城里的居民慢慢地迈着有节奏的步伐走来。他们坐在小丘的左侧。居民开口说话,像往常一样,粗野,有力。士兵们用一种庄严、有力、特殊的音调说着。根本分不出是谁在说话——合唱!

**第一个元老**:现在是中午,中午是休息的时间。我想问一下,你们这些外地人,你们的生活是什么样的。你们为了什么而活着?

**右边传来的声音**(士兵):我们为了活着而干活。我们的生命短暂,但是世界是伟大的。我们生活是为了经历一切,尝尽一切,享受生活直至最后一刻。我们生活,因为我们不得不活着,因为我们想活着。

**齐声应和**:我们不明白。

**左边传来的声音**(居民):我们为了干活而活着。

**右边传来的声音**:我们厌恶劳动,我们远离劳动。一种人是完全不劳动,而另外一种是没日没夜地劳动,把自己的血汗洒在自己劳动的土地上。那么,不劳动的人过得比劳动的人好,他们就催促劳动者劳动,用鞭子抽打他们。他们直到最后一刻都互相憎恨对方。他们的生活充满怨恨。

**齐声应和**：我们不明白。

**左边传来的声音**：我们劳动，那是因为在我们的生活中，除了劳动什么都没有。

**右边传来的声音**：我们中间人人都不尽相同。人们互相嫉妒，害怕自己的兄弟，和自己的兄弟起冲突。生活中充满斗争。

**齐声应和**：我们不明白。

**左边传来的声音**：我们在一起说话，在一起思考，在一起干活。我们所有人就像一个似的。

**右边传来的声音**：如果我们中间的一个人拿了兄弟的东西，那么兄弟就会来打他，与他决斗，直到他死或者他夺回东西为止。生活中充满斗争。

**齐声应和**：我们不明白。

**左边传来的声音**：我们所有人共同拥有所有的东西，谁都会拥有一些什么。在法律面前我们人人平等。

**右边传来的声音**：我们每个人都想占有自己兄弟的东西，我们催促他们劳动，让他们交纳苛捐杂税和贡赋。但是没有一个人愿意忍受被别人统治，他们流血，互相之间有着永恒的斗争。这就是生活中的事情。

**齐声应和**：我们不明白。

**左边传来的声音**：在法律面前我们人人平等。法律就是我们的统治者。

**右边传来的声音**：当我们中有人喜欢上女人的时候，他会把她带到自己家，娶她做妻子，希望她为自己生孩子。如果他的妻子喜欢别的人，他就会打死她。如果别人喜欢他的妻子，他就会打死那个人。因为如果他不打死那个人，那个人反过来会打死他，并且把他的妻子带走。生活中充满杀戮。

**齐声应和**：我们不明白。

**左边传来的声音**：我们爱所有人。我们都是平等的，没有别的选择。

**右边传来的声音**：当我们生了孩子，父母就不劳动了，他们为孩子的出生流下幸福的眼泪。他们养育孩子，为他们担心，会把最后一块儿食物给自己的孩子。在上千的孩子中，妈妈能找到自己的孩子，每个母亲都会觉得自己的孩子是世界上最优秀的。谁打了她的孩子，她就会痛苦。谁不爱她的孩子，她也会痛苦！因为再没有比母亲的爱更伟大的了。生活中充满爱。

**齐声应和**：我们不明白。

**左边传来的声音**：出生的孩子给她哺乳。然后她把他放到草地上和别的孩子在一起。然后孩子就不记得自己的母亲了。女人不应该只爱一个孩子。法律面前人人平等。

**右边传来的声音**(大声并且愤怒)：简直是灾难，平等之城，因为你们把孩子和母亲分离。我可以原谅你的一切，却唯独不能原谅母亲的眼泪。你对于孩子来说是万恶的，你不懂温柔，对于那些抛弃了自己孩子的母亲来说也是万恶的。你太恶毒了！

一阵沉默。

## 第五场

天色渐黑。晚上万尼亚跑过来。

**万尼亚**（跑向政委，大叫）：我想起来了,我想起来了,政委!

随着这一声呐喊，庄严消失不见了，它被某种可怕的东西所取代了，等待的人疯狂地笑着。

**政委**：你记起什么了，小家伙？
**万尼亚**：家！家！还有我的母亲！田野、水井、兄弟、邻居、邮局，还有一个弟弟。所有的我都记起来了。我叫伊什科夫。我上过中学的。我读过书。我都记起来了！
**政委**（温柔地）：你是怎么记起来的，乖孩子？
**万尼亚**：当打他们的时候，当他们倒下的时候，当我和他们一起被打的时候，我看到了，看到了母亲！
**政委**：谁被打了？谁倒下了？
**万尼亚**（指着山丘）：他们……
**政委**：他们是谁？
**万尼亚**：你们没有看到吗？你们不知道吗？那就不需要了，不需要了，政委！

政委用手指着山丘，两个士兵走向那里。

**万尼亚**：不需要！不是我，不是我干的！你们不要去……

两个士兵一左一右地同时拨开灌木丛。从舞台上可以看到被刺穿的那对少男少女。所有人都站了起来，包括士兵和居民们。士兵们沉默地退出到舞台深处，居民们沉默着，慢慢爬上山丘，围着被杀死的人。

**医生**：幼虎看到血——现在就受着吧！

**第一个元老**：年轻人，你为什么要这么做？

**万尼亚**（走向政委，从地上爬向他）：我爱她，我认得她。她是我的未婚妻。她夜夜来我的梦里，我找到她了。但是这个人来了，他从城里来，然后说："和我走吧。"我恳求她，甚至威胁要"杀人"——但是她不明白。"我会回来的。"他说。她不爱我，她谁都不爱。在这个城市里没有爱情，他死了，该死的！……我杀了他们，他们倒下了，就在那里躺着……这样，这样，这样！再有一次，我还是会打他们的，因为我爱她，而我是人，她是畜生！我不需要原谅，这就是我干的！……

士兵中响起称赞声。政委沉默着。居民们看着死去的人，他们中有着些许抱怨。

**第一个元老**：年轻人！为什么你要这么做？

**政委**：老年人，他有罪。请把他带走吧，他是你们的！

士兵中愤怒之声响起。

**第一个元老**：为什么他是我们的？我们不知道他做了什么。

**第一个年轻人**（特别大声）：我知道！我，我，我！

**医生**（自言自语）：不是"我们"，而是"我"。虎崽子已经学会了。

**第二个元老**：年轻人，等一下！是谁允许你这样说的？

**第一个年轻人**（陶醉于"我"的发音）：我，我，我！我知道怎么做。他对我们的兄弟姐妹做了什么，我们就怎么对他……（找话说）杀！

**居民**：杀啊！

**医生**（自言自语）：虎崽子张牙舞爪。

**第三个元老**：年轻人，醒醒吧！到点儿去劳动了。

**第一个年轻人**：打死他我们再去劳动。

**居民**：打死他，打死他！

**万尼亚**：政委，原谅我吧，救救我，救救我，政委！

士兵们窃窃私语，政委沉默不语。

**第二个年轻人**：我们在等什么？他跑了。

**第三个年轻人**：老爷爷，请允许我们！

**居民**：请允许！

**万尼亚**：政委！我想见见我的妈妈。要知道她在等我，妈妈！

**年轻的士兵**：政委，原谅他吧。他做得对。如果你曾爱过他，那就原谅他吧。

政委沉默着。

**第一个年轻人**：兄弟们！不能再等了，抓住他。

**万尼亚**：政委！如果你也有母亲的话！……

**第一个元老**（阻挡着居民的脚步）：年轻人！我们不准你们这样！

在居民群中出现短暂的混乱。

**第二个年轻人**：您已经老了，不要再妨碍我们了！

**第二个元老**：停下吧！

**第三个年轻人**：走开，老头儿！

他们推开元老们，围着万尼亚，把他拖到舞台右边。

**万尼亚**：政委！政委！政委！

居民们消失在右边。元老们慢慢离开了。一阵沉默。

## 第六场

*天色暗淡下来。后面出现刺耳的叫声。战士们纷纷战栗。*

**年轻的士兵:** 政委,为什么?

**第一个士兵:** 政委,为什么要这样?

**所有人:** 为什么?为什么要这么做?

**年轻的士兵:** 难道他不应该打死他们吗,他是人,活生生的人,像你,像我,像我们所有人一样,但是和他们那些死人是不一样的。

*士兵们窃窃私语。*

**年轻的士兵:** 他打死人——那是因为他的鲜血是炽热的,他的手掌是有力的。难道我们不能爱,难道我们热血沸腾?好吧!我们必须被歼灭——我们不能像他们这些人一样生活……

*嘈杂声。*

**年轻的士兵:** 政委!我告诉你。如果我的妻子背叛我,我也会这样做的,杀了他,还有她!我是一个人!

**士兵们**：我也是！我也是！我也会这样做的！

**年轻的士兵**：政委！为什么你一定要杀死他？

**政委**(把手放在年轻人的肩膀上)：你说得不错，但你忘记了一点：我把你们带到这里，我就要对你们负责。你们告诉我，就你们看到的，我难道不爱这个年轻人吗？他是所有人中最好的，他是那样温和。但是他违反了命令——他是因为这个才死的！他是第一个举起长矛的人——这才是他死的原因。

*停顿。*

**政委**：他死了，够了。但我们得离开这儿。走吧。

**士兵们**：走！走！最好在沙漠里！带我们走吧！明天！今天！现在！现在！现在！现在！

**政委**：听我说……明天天亮我们就走。明天我带你们继续……

**医生**（突然）：去哪儿？

**政委**：到一个平等的国家，到一个有法律的国家，到一个有生命的国家！(目不转睛地盯着医生)

*医生垂下眼睛。政委和士兵们走到左边。*

**医生**：他又说谎，但他确实比我强大。

*右边舞台传来叫声。*

**医生**:"幼虎饿了。他会放过我们吗?"(从左边退出)

夜色更加暗淡。

## 第七场

右边舞台上居民拿着火把跑过来。每个人手里都有一块石头。

**居民**:他们跑了!跑了!杀了他们,他们现在要跑了!不要放过他们,兄弟们!打死他们,弟兄们!

**姑娘**:我说过这个,我也听过。明天天亮的时候,他们就要走。

人群嗡嗡作响。

**第一个首领**:让他们走吧,我们一起干。像过去一样。

**姑娘**:兄弟们!他们不会再回来了。我们放过他们……(找着话说)

**第一个年轻人**:不报仇了吗?

**居民**:报仇!报仇!

**第二个元老**:他们已经走了,你们就不能放过他们吗,兄弟们?

**姑娘**:他们破坏了我们的法律,破坏了我们的幸福,现在他们离开了!你们要放过他们吗,兄弟们!

**第三个元老**：他们很厉害，还有武器。你们拿什么和他们斗？

**姑娘**：我们投石头，报仇！我们人多。

**居民**：我们人多！我们人多！我们人多！报仇！报仇！报仇！

**姑娘**：什么在等待我们，兄弟们？他们，外人，杀人者，杀啊！

**居民**：杀啊！杀啊！

他们跑向左边。元老们在舞台中间，他们低着头。沉寂，黑夜。

## 第八场

左边传来叫声和手枪射击声。

**元老们**：杀啊！

⚜

# 第三幕

（结局）

第二场时的舞台背景。右边山丘顶上躺着被刺穿的少男少女。

## 第一场

深夜。火把。士兵们站成队列。政委按照名单点名。

**政委**：伊万·谢尔盖耶夫！

**第一个士兵**（值班）：死在路上了。

**政委**：尼卡诺·谢尔久科夫！

**第一个士兵**：死在路上了！

**政委**：亚历山大·托伦伯格！

**第一个士兵**：死在路上了！

**政委**：谢尔盖·霍梅恩托夫斯基！

**第一个士兵**：死在路上了！

**政委**：谢尔盖·萨尔科夫！

**第一个士兵**：死在路上了！

**政委**：米哈伊洛·丘巴里！

**快乐的士兵**：到。

**政委**：伊万·伊什科夫！

**第一个士兵**：被处死刑了。

间歇。

**政委**：稍息！还有一个小时就上路了！

**第三个士兵**：政委！我们去城里吧……

**政委**：难道要再一次掠夺吗？

**第三个士兵**：为什么要掠夺？要知道那儿已经没有主人了。

**肥胖的士兵**：都死了。

**第三个士兵**：为什么凭空消失了？

**政委**：我们这一路总是在抛弃着。走吧。但是你们看着点：如果在他们当中发现活着的，不要去招惹他们！听到没有？不要打死他们！

**肥胖的士兵**：为什么还要打死呢？反正他们已经是死人了。

**快乐的士兵**：死亡是不会发生的，哈哈哈！

**政委**：所有的吗？

**第四个士兵**：一直到最后一个。

**快乐的士兵**：清理工作。

政委低下头，离开。他坐在山丘的右边，士兵们走开。

**第一个士兵**：要知道他们挺可怜的，兄弟们。这难道不像开玩笑吗，整个城市的人一夜之间都死了！

**第二个士兵**：他们也是人啊。

**肥胖的士兵**：那是他们自己的错，谁让他们爬上山的？

**第三个士兵**：这就是战斗啊，真见鬼……他们竟然赤手空拳！用树条来打我们，哪怕都扔下来也没用啊……

**第四个士兵**：妇女们都跟我们来着。

**第一个士兵**：他们给我们吃的，给我们水喝，但我们却这样做……太可怜了……

**肥胖的士兵**：如果所有人都值得怜悯的话，那这会儿该大家怜悯你了。

所有人都带着火把走了，舞台上一片黑暗。

## 第二场

**政委**（独自一人）：伊万·伊什科夫！被处决了！……谁处决的？我处死的。我找到少年，救了他，教育他，疼爱他。然后杀了他……"政委，如果你爱我！"不，政委不爱你。政委不能够爱你，因为他是政委。他的心是用石头做的，用石头！"政委，如果你也有母亲的话……"不，政委没有母亲，因为他是政委。所有人都怕他，恨他——恨政委！只有他一个人爱我，我却把他杀了……

停歇。在黑暗中，灌木丛后面——医生。他站在政委面前，笑着。

**医生**：你哭了。政委？你哭吧，你哭了！如果政委你哭了，那真是大罪过啊。为什么哭呢？是因为神圣的事物在生活中被侮辱了吗？是谁呢？是你自己！你要找寻真理，看吧，你找到它了。你对它做了什么呢？你侮辱它，撕碎它，抛弃它。所有人，直到最后一个都被你弄死了……什么是真理？无聊。什么是公平？无聊。一切真诚的，纯洁的都是死的。生活存在于谎言中，生活存在于杀戮中，生活存在于斗争中！……你现在打算如何做呢，政委？再接着走下去，再欺骗大家和你自己，然后再一次寻找并抛弃它吗？……政委！放了他们吧。我们走，跟随我找寻血腥的，不公平的，快乐的生活！……政委！

政委睡着了。

**医生：**他睡着了。政委，你就这样听着吧！我也找寻过善良、公社、平等，就像你一样。我整个生命都建立在这个上面，我离开家，我抛弃了母亲，穷人们因此死去，时间就这样逝去，我看到的是无聊。无聊，无聊！我不会再相信什么了。我恨那些轻信的人们。这就是我发起叛逆反对你的原因！这就是我激怒士兵们反对你的原因！我希望你的信仰破灭！你听着，政委！他睡着了。

他消失在黑暗中，云中透露出阴沉的，破晓前的月光。

## 第三场

政委睡着了。年轻的士兵进来了，他带着一个受伤的姑娘。把她安放在地上。

**年轻的士兵**：你还活着，还活着！告诉我，你还活着。

**少女**：我恨你。

**年轻的士兵**：是我！我在战场中找到了你。我找到了，就这样我找到了你！……

**少女**：我恨你。

**年轻的士兵**：我杀了你。为什么你要把我抛弃在黑暗中，又为什么要杀我呢？你不认识我了吗？

**少女**：我找你，就是为了杀死你。你教会我爱，那就意味着教会我恨。我爱你，我恨你的国家。爱很甜美，但是恨却更多。我恨你。

**年轻的士兵**：你和我一起走吧，去我的国家。你将和我一起生活，养育我们的孩子，你还可以给奶牛挤奶。

**少女**：我恨你。

**年轻的士兵**：到晚上，我干活太累了，你脱掉衣服和我躺在一起，直到天亮。

**少女**：我恨你。

**年轻的士兵**：我把你放在怀里，我的嘴唇触碰着你的嘴唇，我的舌头触碰着你的舌头。直到天亮。

**少女**：我恨你。

**年轻的士兵**：我的双臂将拥抱你，你的双臂将我拥抱，这两个身体将成为一体，直到天亮。

**少女**：我恨你。

*长时间的亲吻。*

**年轻的士兵**（起来）：结束了！……（看了看，然后离开了）


## 第四场


士兵们举着火把进来了。他们押着少年。

**士兵们**：政委！

**政委**（说着梦话）："如果你爱我，政委！……"我不能爱你，因为我是政委！

**士兵们**：政委，政委！

**政委**（醒了，他看看，然后起来了）：什么时候了！

**第一个士兵**（带着少年走到委员面前）：整个城市里只剩下这一个人了。

**老人**：难道连这一个也要杀吗？

**肥胖的士兵**：他做什么了？

**政委**：少年……

**少年**：主人！求你不要杀我！

**政委**：不要害怕，孩子。

**少年**：上帝啊，请带我一起走吧！和您一起……我想像您一样说话，像您一样可以杀人。这才是快乐，主人。

笑声。

**士兵们**：抓住他，抓住他！

**政委**（说着话，把手放到少年的头上）：同志们！我们继续前进——回家——俄罗斯！

**所有人**（更加大声地嘲笑少年）：向俄罗斯出发！

**政委**：我说过：真理和幸福的国度，对！我说过：在法律的面前人人平等，对！但是假如有谁说那里和这里一样，死一般的沉默——那就挖出谁的舌头！我说过这些话吧？

**所有人**：没有！

**医生**（小声）：说过！

**政委**：那里所有人平等，但不都一个样；幸福，但没有安宁。安宁是不会有的，那是对于死人来说的！那里有永恒的战斗，斗争，斗争！还有流血！哪里没有流血，那里就没有生命！哪里没有斗争，那里就没有生命！你们要斗争，要流血，要幸福，对吗？

**所有人**：向俄罗斯出发！

**政委**：整队！出发！

士兵们伴随着"勇敢，同志们，向前冲"的歌曲，带着火把离开了。

## 第五场

医生坐在山丘的左边,右边坐着政委和少年。

**医生**(自言自语):都走了……难道真的会到达吗?我怎么不相信呢?如果我像他们一样相信,我也会那样幸福吧……

**政委**(朝向少年):小伙子,你想和我们一起吗?

**少年**:是的,我的主。

**政委**:那你知道什么是杀戮吗?

**少年**:我知道。

**政委**:什么是偷窃、撒谎、欺骗?

**少年**:我知道。

**政委**:你会杀人、打架、欺骗吗?孩子。

**少年**:我会的。

**政委**(解开匕首):看见这把刀了吗?

**少年**(兴奋):哦,政委!你是要把他给我吗?

**政委**:你看见了吗,那边坐着一个人,低着头。你去杀了他。我就带你和我们一起,还会把这把刀送给你。

**少年**(拿着刀):我去啦!(小心翼翼地,像一只猫一样,从后面慢慢走向医生。他跳起来,从后面抓住医生的脖子,按住他。)

**医生**:啊!住手!住手,年轻人!你这是做什么?(起身。)

少年逼近他,朝他胸口砍了一下。医生歪歪斜斜。少年跳到一边。

**医生**:(从地上发出嘶哑声。)为什么?为什么?

**政委**:为什么,因为你不相信我。这样的人我们不需要,我要杀了你。我们这些有信仰的人会继续走下去,不需要你。

**医生**(嘶哑声):你们会找到一个死亡之城,就像这个一样,像现在这个一样!全是机器的国家。

**政委**:我们会回到一个有公平和流血的国家,一个有秩序和嘲笑的国家,一个有法律和斗争的国家。

**医生**:这样的国家是没有的!

**政委**:俄罗斯……

**医生**:如果那里也像这里一样呢?

**政委**:我们会继续向前走的。

**医生**:这条路是没有尽头的!

**政委**:会有出路的!

**医生**(带着绝望的嘶哑声调):你们继续走也找不到的!没有出路的!

**政委**(对着少年):我们走!

**少年**:我和你一起,我和你一起走!生活!我们走吧。

沉默。

第六场


太阳升起来了,光线照射着山顶上那对被刺穿的少男少女。舞台的其余部分仍处在黑暗中。


**士兵们**(在舞台后唱着):"在自由的国度,我们将穿越胸膛"。
**医生**(嘶哑的声调叫着):没有出路的!你们走也找不到的!


落幕。

# 译后记

列夫·纳塔诺维奇·隆茨（Лев Натанович Лунц，1901—1924）是俄罗斯知名剧作家、小说家、戏剧批评家。他是"谢拉皮翁兄弟"团体中最有趣、最有才华的一位，在团体中有"流浪江湖的百艺戏人"之称。隆茨出生于犹太家庭，父亲是一位药剂师、商人，母亲则是一位钢琴家。1918年隆茨获得金质奖章，以优异成绩毕业于彼得格勒第一中学，随后进入彼得格勒大学历史语文系学习。隆茨在语言上天赋异禀，通晓西班牙语、意大利语、法语、普罗旺斯语及希伯来语，毕业之后留任西欧文学教研室，并跟随日尔蒙斯基研究德国浪漫主义文学。1923年隆茨出现重病征兆，此时他的父母已迁居德国（**隆茨以俄国作家必须住在俄国为由拒绝同行**）。楚科夫斯基将隆茨接到家中照料，隆茨在他家休养半年，随后乘船前往德国汉堡就医。1924年5月隆茨病逝于德国汉堡。文化圈众多知识分子（**包括侨民知识分子**），如尼娜·别尔别洛娃、马克西姆·高尔基、米哈伊尔·斯洛尼姆斯基、康斯坦丁·费定、尤里·特尼扬诺夫等人均撰写文章悼念这位天才戏剧家的陨落。隆茨对文学孜孜不倦，满怀激情且精力充沛。他的所有作品均完成于1918—1924年间，在这短短五年中他写了十篇小说、四部戏剧，还有诸多电影剧本、戏剧评论、散文、书信等。高尔基对隆茨颇为看重，他在与卡维林的通信中称隆茨为"严肃的大作家"。隆茨可谓慧极必伤，英年早逝，但他短暂的一生都在试图为成为一位伟大的作家而努力。

隆茨在"谢拉皮翁兄弟"团体中年纪稍小，但只要提及"谢拉皮翁兄弟"，隆茨就是无法绕开的话题。高尔基在追忆隆茨的悼文中也表达了对他的赞赏，并认为隆茨是一个伟大且独特的艺术家，"俄罗斯舞台被那些从未有过的戏剧所丰富。他去世的时候很年轻，很有天赋——他是如此才华横溢，对于他这个年纪的人来说，隆茨算是很有学识的了。"[①] 然而，在整个苏联时期，"谢拉皮翁兄弟"的作品很难得到出版，隆茨是其中最典型的代表。资料显示：直到1946年，隆茨还在官方出版的黑名单上。1981年，《隆茨作品选集》在以色列出版。在俄罗斯，隆茨第一部作品集出版于1994年。2003年，以隆茨戏剧《猿猴来了!》命名的戏剧小说作品集出版。俄罗斯科学出版社于2007年出版《隆茨·文学遗产》，将其所有的文学作品、书信都收录于其中。隆茨的文学兴趣主要集中在戏剧上，他将大部分精力放在剧本创作和戏剧评论上。他推崇西方富有张力的情节戏剧，对俄国戏剧沉溺于现实日常很是不满。他在《向西看!》这篇文章中呼吁作家们向西欧学习戏剧技巧，其中，戏剧情节是学习的重中之重，并认为这是俄罗斯戏剧所缺失的。

本书收录了隆茨一生创作的四部戏剧：元戏剧《猿猴来了!》、反乌托邦悲剧《真理城》、历史性悲剧《伯特兰·德·波恩》和反亚里士多德悲剧《超越法律》。《超越法律》（Вне закона）是一种具有浓郁的西班牙风格的戏剧，这种风格不仅体现在其情节上，甚至故事发生地就是西班牙城市。戏剧使用了西班牙黄金时代旧时喜剧和幕间剧的结构形式。根据作者的预想，他是要创造一部悲剧，一部带有强烈舞台效果的戏

---

① Вахтангов Е., *Записки. Письма. Статьи*, Ленинград: Искусство, 1939, С. 127.

剧。剧中作者把舞台一分为三，呈左、右及中间三个部分。观众或读者将每个部分都当成独立空间，舞台左场是专注轻松喜剧效果的，而整体风格又是悲剧的，所以，这部剧最后呈现出来的是一部悲喜剧。这正是西班牙戏剧幕间剧的传统。西班牙黄金时代的戏剧人物形象是简单的。无论是不畏强权、勇敢的劳伦西亚，还是无恶不作的费尔南，人物性格是固定不变的，是一种静态的人物形象。但隆茨戏剧中的人物性格是变化的：一方面，主人公阿隆索是一个充满正义感的强盗，是以推翻暴政、实现人民自治为人生目标的英雄；另一方面，他又以自己超越法律为由来摆脱与未婚妻伊莎贝拉的婚约。在隆茨的笔下，没有绝对的正邪、善恶之分，人物是动态的，多样复杂的，所以，阿隆索又是隆茨笔下一个反英雄形象。

隆茨的另一部戏剧《伯特兰·德·伯恩》于 1922 年 8 月完成，这是一部诗剧，但隆茨并未将其发表。隆茨于当年 9 月在兄弟们的晚会上朗读了这部新剧，受到"谢拉皮翁兄弟"成员们的赞赏。与《超越法律》一样，《伯特兰·德·伯恩》故事也发生在欧洲，但写的是 12 世纪 80 年代的事情。吟游诗人、男爵伯特兰·德·伯恩的领土遭到"狮心王"理查德侵犯，大王子亨利作为诗人的朋友醉心于游戏打猎，袖手旁观。诗人孤立无援之下，领土沦陷，家园支离破碎。为报仇雪恨、收复城堡，诗人来到亨利身边再次寻求帮助。但由于亨利的善良和软弱，伯特兰决议通过离间亨利与理查德的兄弟之情，迫使亨利看清弟弟的狼子野心，为自己发兵夺回家园、恢复荣誉。诗人步步为营，迫切的复仇心理致使诗人丧失人性，最终反而再一次丢失自由和荣誉。剧终，理查德兄弟反目、亨利惨死，玛蒂尔达从对爱情有所期许转变为追求权欲的复仇女王，全剧所有人物俱走向毁灭，无一幸免，这是一出不折不扣的悲剧。

《猿猴来了!》创作于 1920－1921 年之间，1923 年在莫斯科出版。同时代批评家对此剧褒贬不一。《猿猴来了!》是一部独幕轻喜剧，全剧只有一场，剧情大致为：一个风雪交加的夜晚，城里进行着红白两军的交战，不同阶层的人们聚集在一座大房子里，房子里一个"丑角"正在指导诸角色排演一部革命题材的戏剧——《密集的队列》，并在排演过程中与诸角色、群众乃至观众冲突不断。舞台上，除了"丑角"外，所有人包括舞台下的观众，都被舞台背后不时传来的"猿猴来了!"的声音吓得不知所措，但最终在"一个人""舞台背后的声音"的激发下建立起防御栅栏，加入到抵御猿猴军队的行动中。《猿猴来了!》篇幅不长，戏剧中明显呈现出两条情节线索：一条是主剧，一条是辅剧。正在排演的辅剧交织在主剧之中，是一个套娃结构，是"戏中戏"，正是这一特征使得这部剧被学界视为俄罗斯最早的"元戏剧"。

《真理之城》是隆茨的最后一部戏剧，也是苏联文学中的第一部反乌托邦戏剧，甚至是欧洲文学中最早的反乌托邦文学之一。该戏剧是隆茨截取《圣经·出埃及记》和《圣经·申命记》的部分情节并加以改写的结果。《圣经·出埃及记》讲述了神是如何带领以色列人民从埃及地到应许之地的；《圣经·申命记》中，以色列人在旷野漂泊了三十八年后，上帝交代他们与亚摩人争战，以获得其土地为业。以色列人最终战胜亚摩人，夺城掠物。戏剧《真理之城》分为三个部分："序幕""悲剧"和"结局"。剧中，政委带领士兵们踏上从中国前往俄罗斯（自东向西）的路径，他们穿越沙漠，渴望找到一个理想之地。随后这群人在沙漠中发现一座城市——"平等之城"，城里的居民都依照相同的模式生活。两类完全不同的人相遇后冲突不断，随着矛盾的加深，最终双方兵戎相见，而剩下的少量士兵将继续寻找理想中的俄罗斯。

隆茨戏剧在我国的译介尚属首次。由于隆茨戏剧具有浓重的历史感、时代感，有的具有鲜明的西方文化特色，有的还是诗剧体裁，所以，本书翻译起来面临着许多困难，翻译断断续续，历时四年有余。这是本人为完成教育部人文社科基金项目《20世纪20年代俄苏文艺转型时期"谢拉皮翁兄弟"文学革新研究》（19YJA752029）的成果之一。戏剧翻译过程中得到了俄罗斯萨哈林国立大学教授伊孔尼科娃教授（Е. А. Иконникова）的帮助，在此向她表示感谢；同时要感谢阿穆尔共青城师范大学罗曼诺娃教授（Г. Р. Романова）、莫斯科大学语文系柯里佐娃副教授（Н. З. Кольцова）为本书写序；还要感谢赵康延、任曙碧两位硕士研究生在本书翻译尝试过程中所付出的辛劳。囿于本人翻译功底浅薄，译文中尚有很多欠妥和谬误之处，希望读者谅解和海涵。